Editora Zain

Duas línguas

Laura Cohen Rabelo

© Laura Cohen Rabelo, 2024
Todos os direitos desta edição reservados à Zain.

Grafia atualizada segundo o Acordo Ortográfico da Língua
Portuguesa de 1990, que entrou em vigor em 2009.

EDITOR RESPONSÁVEL
Matthias Zain

PROJETO DE CAPA E MIOLO
Julio Abreu

ILUSTRAÇÃO DA CAPA
Carolina Moraes Santana

PREPARAÇÃO
Maraíza Labanca

REVISÃO
Marina Munhoz
Juliana Cury | Algo Novo Editorial
Marina Saraiva

Dados Internacionais de Catalogação na Publicação (CIP)
(Câmara Brasileira do Livro, SP, Brasil)

Rabelo, Laura Cohen
Duas línguas / Laura Cohen Rabelo. – 1ª ed. –
Belo Horizonte, MG : Zain, 2024.

ISBN 978-65-85603-09-6

1. Romance brasileiro I. Título.

24-196054   CDD-B869.3

Índice para catálogo sistemático:
1. Romances : Literatura brasileira B869.3

Tábata Alves da Silva – Bibliotecária – CRB–8/9253

Zain
R. São Paulo, 1665, sl. 304 – Lourdes
30170-132 – Belo Horizonte, MG
www.editorazain.com.br
contato@editorazain.com.br
instagram.com/editorazain

Sumário

Duas línguas   9
Nota   173

O invisível da lembrança: Notas sobre a leitura de *Duas línguas*,
por *Ana Cláudia Romano Ribeiro*   175

Duas línguas

Will nature make a man of me yet?
The Smiths, *This Charming Man*

Em frente à porta vermelha, seu pé direito estava firme um degrau abaixo do pé esquerdo, que já se preparava para descer. O cachecol mal enrolado em volta do pescoço, com as pontas caídas sobre o suéter listrado, deixava o rapaz com a aparência de alguém que não pertencia àquele lugar. Os jeans, os tênis, os cabelos faziam com que ele se parecesse com um jovem qualquer. A mão grande agarrava o corrimão recém--instalado, pintado de um vermelho menos empoeirado que o da porta. A boca queimada de frio. B sorria pouco naquela época; sentia haver um desajuste em seu rosto. Só depois dos quarenta aprenderia a sorrir direito. Por um momento, estranha que Martin não esteja ao seu lado na fotografia, mas ainda não tinham se conhecido. O porta-retrato na verdade fica no escritório, junto de uma dezena de outros porta-retratos com fotos de família e das crianças — o que fazia ali, na pia do banheiro? A mulher está adormecida, atravessada na diagonal na cama branca atrás de B, que levanta os olhos para vê-la, oculta no edredom. Ela é vítima de uma espécie de sonambulismo organizacional, que faz com que objetos da casa acordem em lugares desviados: a chave do carro na geladeira, a pasta de dentes no guarda-roupa, uma laranja no armário de produtos de limpeza, a garrafa de água gelada suando perigosamente sobre uma estante de livros. Não que o apartamento seja bagunçado. Existe o caos óbvio dos filhos crescendo, mas sem dúvida a porta vermelha em Wood Green, da *landlady* Mrs. Tamble (que todos chamavam de Mimi), era mais bagunçada.

Mais empoeirada de poeira inglesa. Outro conceito de higiene, manutenção mínima, um acúmulo de todo tipo de objeto mais ou menos utilitário ou inútil: jogos de chá, bibelôs, fotografias emolduradas, programas de concerto, flâmulas e bandeirolas, quadros, um tabuleiro de xadrez, um vaso com flores secas. A gordura se acumulava com facilidade na superfície dos móveis de madeira. Como Mimi tinha o nome da personagem Mimi de *La Bohème*, B e Arnau cantavam *Che gelida manina* para ela, fazendo-a rir até soluçar. B sempre detestou a própria voz. Os seus piores momentos como estudante de música eram quando o obrigavam a cantar. Considerava sua voz medíocre, sem expressão, um timbre estranho e vacilante, quase feminino, como se jamais tivesse saído da adolescência. Mas cantava para Mimi. Ser infantilizado pelos jovens é comum, porém não deixa de ser desconfortável. Por mais que não seja um velho, B vê chegarem sintomas desse tipo de tratamento: o carinho cuidadoso de seus alunos, sempre se oferecendo para abrir portas e carregar coisas; ou então aqueles rapazes que o cumprimentam com distanciamento e se encolhem caso B encoste neles, mesmo que por acidente. Uns não disfarçam o nervosismo quando o encontram, a ponto de nem conseguirem afinar o violão direito. B sempre tenta fazer alguma coisa para desembaraçá-los, se afastar da corporificação de uma figura idealizada, mas um excesso de simpatia piora certas situações, causando ainda mais constrangimento. Seus amigos da época da faculdade continuam a chamá-lo no diminutivo, e será assim para sempre, até mesmo depois de sua morte. Na fotografia, o rapaz magricela diante da porta vermelha tem o rosto rosado de frio ou vergonha ou os dois, porque Sandra sacou a câmera sem aviso. Sandra, a desaparecida, uma torção nas costelas. Ele tinha vinte e quatro anos quando chegou à Inglaterra, e provavelmente era essa sua idade quando o retrato foi tirado. Ganhou quase quinze quilos enquanto morava com Mimi, mesmo assim continuou sendo muito magro.

A reclamação de sua mãe durante toda a sua adolescência era de que ele ficava mais alto, mas não engordava. As calças ficavam curtas, as camisas que serviam no comprimento de seu tronco pareciam largas demais, os pés só faziam crescer. Foi apenas a partir dos trinta que sentiu o corpo engrossando. Não era engordar, era *engrossar*, aumentar de largura, como se os ossos tivessem ficado amplos, das plantas dos pés aos dedos das mãos, o pescoço, o queixo, as maçãs do rosto. Agora, os ossos da bacia, protegidos por uma espessa camada de carne, já não despontam nos quadris como antes e B possui até mesmo uma barriguinha — olha-se no espelho —, coisa que jamais achou que teria. As orelhas também aumentaram, assim como o nariz. Recorda o Pinóquio que havia no meio das quinquilharias da sala de Mimi. Ela apreciava muito o boneco comprado na Itália, com sua roupinha verde e vermelha pintada na madeira. Daquela casa em Wood Green, Mimi reservava para si a maior parte do primeiro andar, aonde os rapazes nunca iam, destinando o pavimento de cima aos estudantes. Sempre estudantes de música. Estava clara a preferência de Mimi por eles: a música era sua vida, ela própria foi pianista correpetidora de uma companhia de balé por anos. Depois de viúva, distribuiu seus anúncios de *quartos para estudantes* no quadro de cortiça da academia. Ou eram quadros de feltro verde? B se lembra da cortiça, mas agora isso lhe parece pobre demais para a enfatuação da universidade britânica. Sempre que um dos locatários de Mimi ia embora, ela arrumava um novo para morar ali. Um músico trazia outro, que trazia outro, que trazia outro, que trouxe Arnau, que trouxe B. Possuía um quarto só seu. Do outro lado do corredor ficava o quarto de Arnau, hoje também um celebrado violonista, antes seu colega, talvez até sua nêmesis, como dizia Sandra. Mesmo tendo morado em São Paulo, longe da família, sempre dividindo apartamentos com outros estudantes, por alguma razão foi aquele o primeiro quarto onde B se sentiu parte do mundo. Mimi nunca restringia a liberdade dos rapazes, gostava de saber tudo o que estavam aprontando, seus estudos, seus amores — porém sem ser invasiva. Foi assim enquanto houve harmonia entre B e Arnau, que era mais fechado, fazendo suas tarefas sem deixar rastro, sem obedecer a horários. Arnau tinha um temperamento ruim. Ruim a ponto de ocasionar sua expulsão? Foi mesmo expulso ou apenas partiu? A memória atenuou a violência do ocorrido? Nos primeiros meses, não poderia ter previsto a agressão, afinal Arnau indicara a vaga na casa de Mimi. B era mais da conversa e das pequenas gentilezas com a senhoria. De cabeça branca e mãozinhas consumidas pela artrite, ela era pequena e usava cabelos curtos e óculos quadrados. Havia um piano de parede em sua sala acarpetada, tocado apenas de vez em quando. Não tinham tempo sobrando para farras domésticas — os rapazes estavam sempre correndo. Além das aulas, tudo que a cidade oferecia, os festivais, os concertos. O sono todo fora do lugar. B foi insone a vida inteira e dorme menos a cada aniversário, um fenômeno assustador. Uma vez — justo em uma noite de insônia —, viu um documentário sobre uma doença genética rara em que o indivíduo, a certa altura, não consegue mais dormir, e isso acaba por levá-lo à degeneração cerebral e à morte. Mesmo que antes dormisse melhor e talvez fosse até mais livre, B não gosta da atitude saudosista de alguns homens de sua faixa etária. Dizer *naquele tempo*... não! Por vontade própria, não voltaria a ter nenhuma idade anterior. E era uma impossibilidade retornar para Londres, 1989, um lugar inacessível no espaço justamente por ser um lugar no tempo. Olhando para si na fotografia, o rosto liso, algumas espinhas, parecia mais jovem do que de fato era. Lembra-se daquele período como um tempo de conflitos. Nunca estivera tão perto da ideia original e crua de guerra: de agosto de 1990 até fevereiro de 1991, acompanhou pela tevê e pelos jornais a Guerra do Golfo, sobretudo durante o recesso de fim de ano. Aquele em especial foi um inverno frio e solitário, em que a maioria dos seus amigos tinha ido para algum lugar: Sandra para a França, Mimi para a casa da irmã, seus colegas de violão para seus países ou para a casa de suas famílias. Sozinho, B deixava a televisão ligada para ter a companhia de uma voz humana. Viu as imagens dos campos de petróleo pegando fogo, os soldados — seus olhos ocultos pelos capacetes enormes —, os aviões de guerra, as explosões, os tanques. Até hoje não gosta de pensar nisso. A guerra na tevê, como se fosse uma novela. Apenas anos depois viria a saber que foi a primeira guerra transmitida ao vivo para o mundo, o teatro de operações exibindo no palco a morte em tempo real. Nessa época, sua mãe sempre ligava e soava preocupada, como se ele corresse algum risco por estar mais próximo do Irã. Hoje isso tudo tem uma sombra de ingenuidade. B tem certeza de que há coisas que só fazem sentido em determinadas épocas da vida: pensamentos de seus vinte anos ocorreriam aos trinta e cinco, aos quarenta e dois, aos cinquenta e um, idade que tem agora. O horror de forçar o tempo para fora do tempo. Mas sua insônia vinha mesmo do medo de perder o momento? De pé no banheiro do quarto de casal, a manhã mal começou e ele quer tomar um banho. Vai relaxar a cabeça, acordar de vez, livrar-se do *jet lag*, ficar pronto para o dia. Não: primeiro tem de passear com a cachorra. Antes, ainda, precisa ver se a esposa deixou alguma lista de compras na geladeira. Ela continua dormindo ao fundo, os cabelos escuros jogados no travesseiro, o rosto escondido. Mimi tinha suas insônias, mas dissera que haviam melhorado depois que passou a usufruir largamente do haxixe que Arnau fornecia em regime semanal, quase toda sexta-feira. Era mesmo haxixe? Arnau e B gostavam de deixar presentinhos na penteadeira de Mimi, e um desses presentinhos era o baseado perfeito, motivo de orgulho para Arnau. Desde sempre a obsessão pelo baseado ideal, uma arte milenar que corria por fora da cultura livresca, transmitida entre as gerações de maconheiros. Em troca, Mimi deixava comida.

Comida demais, mas toda vez os mesmos pratos. A panela elétrica que cozinhava — em baixa temperatura e por horas — brócolis e couve-flor moles demais, porém saborosos; uma espécie de macarrão à bolonhesa; *cottage pie*; fígado acebolado com purê de maçã, ou ervilhas, ou couve-de-bruxelas. B aprendeu com Mimi a fazer rosbife (o favorito oficial de seus filhos) e a assar batatas com casca — uma surpresa que lhe causaram os ingleses, já que sua mãe sempre descascou as batatas antes de fazer qualquer coisa com elas. Só depois dos anos 2000 as batatas com casca se tornariam moda no Brasil, nas hamburguerias, sob o nome de *batatas rústicas*. Olhando para si, B constata que envelheceu tão bem quanto Mimi: poucas rugas e muita disposição. Já está à porta da velhice, aos cinquenta e um anos? Não é mais um menino. Parece jovial o pé nu da esposa que ele avista através do espelho. Por medo de acordá-la, contém o desejo de cobrir com o edredom aquele pé grande, mas de aparência frágil. A mulher voltaria a dormir em segundos, porém quando se levantasse resmungaria que B a despertou no meio de um sonho importante. Caso ele perguntasse o que o porta-retrato estava fazendo no banheiro, ela diria que não mexeu em porta-retrato nenhum, no tom de quem se defende de alguma acusação injusta, sem jamais admitir que bagunçou a lógica da casa. Então o interesse da mulher pela foto seria um mistério para sempre: por que aquela imagem de 1989, fotografada por Sandra, e não outra? A esposa não é muito diferente de Sandra. Uma garota morena, de cabelo curtinho como o da Elis Regina, absolutamente louca por ele. Na época, nem sonhava em conhecer a esposa. Se tivesse convidado Sandra para subir ao segundo andar da casa de Mimi, para sua cama de solteiro que rangia demais, talvez ela começasse a se despir já nas escadas. Por que ele não fez isso? Naquele dia estavam famintos, decididos a sair para comer. Sandra era uns três ou quatro anos mais velha. Quando B chegou em Londres, ela já sabia todo o metrô de cor, entendia de passagens promocionais para estudantes, tinha ideia de quanto as coisas deveriam e não deveriam custar, compreendia todo o intrincado código de etiqueta inglês e jogava com ele, além de aparentar ser amiga de todas as pessoas da academia, não se limitando ao seu grupinho, o dos flautistas. Sandra estava no último ano do mestrado? Ou já tinha começado o doutorado? Apesar de ser uma garota mirrada, ela tinha a voz espantosamente grave, uma voz que se projetava e era capaz de organizar balbúrdias e causar medo. Cantava bonito. Festeira e um pouco insolente, tudo para ela se tornava mais profundo do que parecia ser. Se a América Latina gritaria em fúria vinte e quatro anos depois, Sandra já estava lendo e falando sobre aborto seguro, racismo, direitos trabalhistas das mulheres, cultura do estupro, homofobia e imigração. Mas até hoje, B percebe, ainda de pé no banheiro, que quando se vê diante de uma injustiça ou de um paradoxo, ouve a voz de Sandra, sempre razoável. Ela não queria que as noites terminassem nunca, parecia não se cansar, numa busca incessante por algo diferente. Assim que B desceu as escadas à porta da casa de Mimi, Sandra falou que a câmera tinha sido um presente de aniversário adiantado de seu pai e que tirava fotos coloridas. Ela se dispôs a registrar todos os colegas, fazer fotos de divulgação, economizando no estúdio e aperfeiçoando o passatempo de fotógrafa. Dentro de um ano, estaria tirando fotos muito boas. Aquela fotografia, inclusive, do porta-retrato na pia do banheiro, era muito boa. Antes, as imagens não saíam assim nos programas de concerto. Agora tudo é tão sofisticado e mais acessível, o papel luxuoso, as impressões excelentes. Qualquer um consegue ter uma foto boa hoje em dia pagando um preço justo, e isso não pode ser ruim, B conclui, olhando mais de perto a fotografia. Procura, em algum lugar da imagem nítida, o rosto de Sandra — talvez estivesse refletida em uma vidraça, ou na poça d'água na calçada, já que acabara de chover. Mas não há vestígios dela. Procura mais um pouco.

Nada. Uma pena. Sandra, inquietíssima, só parava quando dormia, e dormia bem e pesado, como dorme a esposa lá no fundo, o corpo atravessado na diagonal, sem deixar espaço para B, caso ele quisesse voltar. Mas ele não voltaria, porque nunca volta para a cama, e isso ainda deixa a mulher indignada, quinze anos partilhando o leito e ele não volta a se deitar depois que se levanta, nem por cinco minutos. Para quê, se não conseguiria adormecer? A mulher dormiria até tarde, e ele seria o encarregado do desjejum das crianças, quando despertassem. Teria um tempinho com elas, tempo precioso, posto o número de viagens que faria para tocar ainda naquele mês. Ao chegar a Londres, B passou a dormir menos. Sentia culpa se dormia em vez de aproveitar a cidade. De pé, de madrugada, o mundo úmido, queria sair. Agasalhava-se por cima do pijama de flanela vagabunda e dava uma volta no quarteirão antes de retornar e ficar se revirando na cama de solteiro que rangia demais. Mimi não escutava nada. Já estava ficando meio surda. Se B pensou que isso poderia ser meio trágico para alguém com tanto gosto por música, logo se deu conta de que a surdez de Mimi era na verdade para coisas pontuais: os despertadores de B e Arnau, um chamado no alto da escada, o toque do telefone, o apito da chaleira ou do forno de micro-ondas recém-comprado, um cachorro latindo e uivando no vizinho. Os sons da sala de concerto eram perfeitamente audíveis a Mimi até o fim. Que histórias ela contava! Por mais que Arnau não tivesse muita paciência (cultivava certo desprezo bem disfarçado de atribulação), B sorvia tudo com atenção. Relatos em primeira mão sobre o homem na lua, grandes bailarinas e grandes sopranos, o racionamento de manteiga, chá e açúcar que ainda perdurou anos após o fim da guerra — ingredientes dos quais Mimi lançava mão em generosas quantidades, a despeito da revolta das filhas com seus exames de sangue. Era sempre atenta e lúcida com relação às intempéries políticas do presente e não se deixava assustar. Ao contrário de muitos velhos de sua idade, Mimi não chegava a achar que o mundo estava perdido ou se apoiava na nostalgia. Envelhecer com lucidez, com a memória das coisas, B avalia agora, depois de passar por tudo o que Mimi passou, deve ter sido elucidativo e perturbador. Eram raras as pessoas da família de B que tinham a oportunidade de envelhecer bem, e talvez por isso ele gostasse tanto daquela avó postiça. Se seus parentes não morriam cedo, perdiam a memória, ficavam meio loucos ou doentes a ponto de se encerrarem em uma cama por anos. De toda a geração anterior, apenas sua mãe resta viva — e bastante lúcida, apesar de às vezes se esquecer de informações essenciais. Quando perdeu o pai, B estava morando em São Paulo, cursava a graduação em música. Seu pai não chegou a fazer sessenta anos, uma tristeza. Cinco dias depois de enterrá-lo, participou de um concurso, tocando *Farewell*, de Dowland. Após a apresentação, um dos jurados, que sabia das circunstâncias, procurou B e disse que tinha achado sua interpretação um tanto apagada. Poucas vezes na vida ele se deparara com uma atitude tão imbecil e injusta como aquela, em um momento cruelmente inoportuno. Embora B tivesse a mesma opinião a respeito da própria apresentação, de que havia tocado sem gosto e com dúvidas, o jurado precisava mesmo falar assim? Sempre deparando com a maldade do mundo. Quando nasceu seu primeiro filho, um menino, B pensou: preciso ensinar a ele o que é a perversidade e como lidar com ela. Nada de lobos maus em sua educação: procurava por personagens capazes de ser bons e maus, que fossem corajosos e sentissem medo, e que pudessem identificar e deter a violência. O mundo de seu pai era oposto: limites muito claros entre a alegria e a tristeza, entre os deveres e a diversão. O pai de B era seresteiro: tocava bandolim e violão e amava Dilermando Reis, Canhoto, modinhas, boleros. Embora fosse amoroso, passava tempo demais com os amigos. B gostaria de tê-lo tido mais por perto quando era criança. Talvez seu interesse inicial fosse no pai, e não na música puramente. Agora que tem filhos, compreende o desejo dos pequenos de fazer parte do mundo. A mãe de B também sempre amou a bagunça, e ainda é uma velha bastante festeira. Logo que o pai morreu, assim de repente, B pensou que ela morreria de tristeza e até se preparou para tal, porque nada a tirava do buraco do luto. Meses disso. Depois, melhorou. Ela chegou a arrumar uns namorados, mas não tolerou coisas que jamais conheceu em seu companheiro: o desleixo masculino, o ciúme. Às vezes isso levava B a pensar, não sem melancolia, que o amor podia ser um evento que acontece apenas uma vez na vida. Aprender violão era ficar perto do pai, era vê-lo orgulhoso de seu talento; aprender violão era ser levado para as serestas. O cheiro da gordura quente das comidas fritas, a cachaça, a voz forte dos homens cantando em uníssono, a voz suave e firme da mãe. Enquanto o pai parecia apenas se divertir com o aprendizado do filho, B estudava tudo o que a professora de música do colégio mandava. Solfejo, arranjo, leitura, história, escolas, tradições. Ela havia lecionado no antigo conservatório da cidade, fechado poucos anos depois do nascimento de B por corte de verbas. Ele pegava emprestado alguns discos com ela e escutava até ficar tonto. Chegou a sonhar com música, ainda sonha. Todo um belo universo se iluminava à sua frente, grande, mas contido nos pequenos espaços: aos domingos de manhã, via na tevê os *Concertos para a juventude*. Deitado de bruços no chão da sala, a cabeça apoiada nas mãos, assistiu a pianistas, violinistas e orquestras que viria a conhecer depois pessoalmente. A vida cultural se desenvolvia com poucos recursos para aquela criança que gostava de Beethoven, que desenhava, lia, pedia ao pai que comprasse os fascículos de arte que vinham no jornal de domingo. Admirava os quadros coloridos impressos em papel ora fosco, ora brilhante, pinturas que, anos depois, ele teria a oportunidade de ver nas paredes de seus respectivos museus. Cidade estreita, circulação de informações lenta, vida cultural descontínua; uma infância normal de alegria, satisfação, tédio, frustração. Aos oito anos apreciava Liszt, e sua família não via nada de prodigioso nisso. Se viam, não declaravam. B ouvia os discos de ópera do avô, que nem chegara a conhecer, antes que sua tia os reclamasse, trancando-os à chave no armário da sala do piano. Ele tenta se convencer de que teve uma infância bem normal, porque parece impossível passar pelo crescimento sem desastres. Ruim foi ter demorado tanto para reconhecer o que era a maldade e o mal incorporado em uma pessoa. Aos nove anos, seu mundo era Bach, Haydn, Mozart. Quando escutou *Música aquática* e os *Concertos de Brandemburgo*, sentiu que poderia explodir de alegria. Um músico de gosto, experiência e formação clássicos. E o que isso queria dizer? Gostava de música grandiosa, feita para comover, para levá-lo a outros lugares que não a cidade natal, longe do violão corriqueiro de seu pai. Depois, e sem aviso, a música se tornou a coisa mais importante de todas, acima dos quadros, acima dos livros, B conclui de pé no banheiro do quarto de casal, olhando para o porta-retrato. Enquanto estudava com seu primeiro professor sério de violão, B se sentiu tão parte da música que supôs que havia certa tolice em descrevê-la com palavras. Falar em brilho, cor, textura para algo que não podia ser visto, algo que não tem língua. Comparar a harmonia às tramas de um tapete ou a uma fonte de água, ou até mesmo a um arco-íris, como lia nos encartes dos discos ou em livros e revistas de música, falar em *sonoridade de ouro*, em *riqueza, boa projeção*. Ele tinha vontade de rir: a linguagem das palavras era insuficiente; a música parecia ser a coisa mais *universal* inventada pela humanidade e, por isso, perfeita. Esse era o tamanho de seu deslumbre. Anos depois, já na faculdade, Fontana, um professor de regência, colocaria fundos a todas aquelas indagações: "A música não é uma linguagem", "A música pode ser uma linguagem assim como a matemática pode ser uma linguagem". E música atonal, e Theodor Adorno, e Ravi

Shankar, e Teatro Noh. Será que, na época daquela fotografia tirada por Sandra à soleira da casa de Mimi, ele ainda conservava aquelas ideias sobre universalidade? Ou caíra em si? Quando *realmente* se conhece o mundo, a universalidade deixa de ser uma questão. Mas se os professores não utilizassem metáforas e descrições para explicar como uma música deveria ser tocada, como fariam? O puro solfejo? O silêncio (às vezes tão vago) da partitura? A idiotice da imitação? *Monkey see, monkey do.* Bater nos alunos com a colher de pau quando eles errassem? Bem que sua tia desejara isso. Mas B sabe que, por mais que goste de música de concerto contemporânea, com seus compositores vivos ou recém-mortos, por mais que goste de diferentes artes e culturas, por mais que goste de música *popular,* como se diz, aquilo que toca com mais facilidade é o cânone do violão. Não o repertório gorduroso de seu pai. Das primeiras vezes que tocou violão, achou dificílimo: era um instrumento grande e desajeitado, mais complicado do que o piano que a professora da escola lhe apresentara, sempre nos breves minutos de duração da aula de música semanal. Os colegas não demonstravam se sentir tocados, simplesmente faziam barulho, catarses, cantavam gritando, e isso soava desrespeitoso. B se sentia, sobretudo, racional, pelo menos mais racional que os colegas. Sem o piano (que suas primas possuíam e o pai não podia comprar), só restava o violão que havia em casa: uma esmola. Mas ao encontrar o piano aberto na casa da tia, sentou-se sem pedir licença, tocou o que aprendera com a professora da escola e impressionou a todos. A tia, aparentemente surpresa, ofereceu ajuda. "Precisamos ensinar esse menino direito", disse, com um rigor que encheu B de felicidade. Mas ali estava a armadilha. A partir disso, B passou a tolerar os quarteirões de torreira que tinha de enfrentar depois do almoço na caminhada até a casa da tia. Tolerava seu bafo, seu mau humor vaidoso, tolerava a indolência e a preguiça das primas, o tédio machucado que elas traziam nos olhos, o ressentimento com o qual elas recebiam a música. Ele lia as partituras mais rápido do que elas, naturalmente tocava melhor, sorvia cada minuto com o instrumento. Não se distraía nem reclamava, atitude que acabou por transformá-lo em uma espécie de Judas. Na verdade, por mais que a tia fosse azeda, que as primas fossem tristes e que a situação fosse desconfortável, estar diante do piano continuava sendo uma das melhores coisas da semana. Era o que tinha à mão, então agarrou sem pensar, sem suspeitar, afinal, era apenas uma criança e os adultos sabem o que fazem. Durante toda a vida, B soube se virar como pôde. A biblioteca na esquina de casa, por exemplo: quando precisava se distrair, ia até lá. Lia muito, portanto escrevia bem. Chegou a ganhar um concurso escolar com um conto de mistério. Naquela época, tudo era mais livre, menos fórmula e mais ousadia vernacular. Todos diziam que ele ia ser escritor quando crescesse. Ser músico era impensável como profissão? Afinal, para que os discos que ele escutava existissem, eram necessários músicos, por mais que fossem distantes ou invisíveis — pareciam brotar do vazio em países distantes e em línguas estranhas. O vocabulário era útil: ensinava os amigos a xingar sem parecer que estavam xingando — sacripanta, sevandija, zaino, amásia. Histórias de ilhas do tesouro, de ladrões, de cidades estrangeiras que, um dia, ele se surpreenderia ao conhecer, em centenas de viagens internacionais, tocando ao redor do mundo e coalhando de carimbos o passaporte. Dormir em voos, aprendeu. Depois, inventaram as pílulas para fuso horário, mas elas não funcionavam como na propaganda, e lá está ele, tão acordado às cinco e meia da manhã de um domingo, enquanto todos na casa dormem em seus quartos. Nem a cachorra, que costuma madrugar e invadir o pé da cama do casal, deu as caras. Era também domingo quando fez seu primeiro recital de violão, na biblioteca de sua cidade, depois de muitas aulas com o pai e sob o incentivo da professora de música do colégio. Podia ter se apresentado ao piano?

A tia sempre falava que ele não estava pronto, que ainda era cedo para isso, que as coisas tinham de ser feitas no tempo certo. Então, naquela noite, Guilherme Freitas Tubarão, um ex-professor do conservatório que assistia à apresentação, disse ao pai de B que gostaria de dar aulas de violão mais sérias a ele. Também não cobraria nada. Toda sexta-feira às quatro da tarde o menino ia à casa do professor Tubarão, que lhe apresentava repertórios e fazia com que ele estudasse sem parar. O professor tinha o hábito de gravar fitas cassete com faixas de discos, e essa foi apenas uma das maravilhas daquela convivência. Só depois de se tornar professor B percebeu que aquelas gravações eram uma estratégia: Tubarão *testava* a escuta e o gosto dos alunos por meio dessas fitas, uma vez que um professor pode medir o grau e a direção de interesse de cada aluno pelas reações que apresentam às músicas. B ficava constantemente assombrado, tirava músicas de ouvido, pedia mais. O conteúdo da primeira fita foi a *Suíte para violoncelo* de Bach. Qual intérprete? Não recorda; para ele, nessa época, os intérpretes eram menos importantes que os compositores. Claro que ele gostou, mas era algo que ele já conhecia das visitas furtivas aos discos da tia. O pulo do gato foi a segunda fita: Julian Bream. Nenhum ouvinte atento passaria inalterado por Julian Bream. B não deixou Tubarão gravar nada por cima daquela fita. O que foi feito dela? Depois disso, cismou de querer tocar algumas coisas que Bream tocava, mas Tubarão estava lá, pondo freio e o jogando para a frente (nada de se adiantar!). Repertório estudado, B ia tocar para as crianças da escola, em asilos, em hospitais, para sua família, para os amigos de Tubarão. Fazia recital de Páscoa e de Natal na igreja. Experimentava, mas já sabia o que queria: a grandiosidade da música, que parecia ser bem maior do que aquele violão Giannini que seu pai lhe dera de presente. O professor permitia que B usasse com frequência um dos seus violões durante as aulas e as apresentações. Seu preferido era o Bouchet de 1964, o ano de seu nascimento. Não era exatamente um violão grande, mas era maior, por isso parecia se adaptar melhor ao seu corpo, que espichara de uma vez e não parava de crescer. Uma voz excelente, claridade, projeção. Tudo era redondo, uma beleza! Impossível produzir um timbre ruim naquele violão: em qualquer região que tocasse, era um instrumento que *cantava*. Certa vez, numa sala cheia de colegas, Tubarão disse, depois de dedilhar alguma coisa no Bouchet: "Esse instrumento te excita para você ir enfiando o dedo cada vez mais", ao que os ouvintes explodiram em risadas — B riu por reflexo, só foi entendendo o sentido obsceno aos poucos. Agora, conforme envelhece, segue procurando violões mais velhos, com uma idade próxima à sua. Poucos anos atrás, reencontrou aquele Bouchet: pediu-o emprestado a Tubarão para gravar um disco de composições da primeira geração romântica. Para B, era um período muito agradável, mas que carregava uma espécie de inferioridade violonística, abafado pelo esplendor do piano. O violão certamente estava lá, ocupando um lugar importante no século XIX, mas servia mais ao espaço íntimo e caseiro, feminino, longe das grandes obras orquestrais para o grande público. Ou pelo menos essa foi a história que B contou a si mesmo. Naquele Bouchet, gravou algumas peças para piano transcritas para violão; músicas que quisera tocar no piano da tia. E houve composições específicas para o violão, como a *Première Grande Polonaise*, de Bobrowicz, um polonês quase desconhecido que Liszt chamava de "Chopin do violão" — toda vez o inferno da necessidade de comparar um violonista a outro tipo de músico! Acabou gravando justamente Liszt, que sempre fora seu mistério: o único músico da geração romântica que morreu velho e passou à segunda metade do século XIX produzindo, enquanto todos os outros não estavam mais lá. Se, por um lado, tinham sido jovens e iconoclastas, a maioria dos compositores românticos não durou muito ou teve de abandonar a carreira: Schumann morreu louco; Schubert morreu aos trinta e um anos; Mendelssohn, aos trinta e oito; Chopin, de tuberculose aos trinta e nove; Weber partiu na mesma idade, levado pela mesma doença; e Bobrowicz, sendo um refugiado político, aos vinte e quatro anos não podia mais tocar violão porque não havia espaço para tal. Vidas breves. Mas o jovem Liszt ao violão seria estranho, porque sua primeira produção se resumiu a uma música com excesso de tudo: profusão de notas, eloquência exagerada, barulho! A caricatura do virtuoso possuído, o oposto do que o violão podia dizer, um instrumento mais próximo de malandros, de mocinhas ou de apóstolos puros, a depender da tradição. Por alguns anos de sua juventude, e talvez até mesmo em Londres, B repetiu e repetiu aquela frase de Liszt, que colocava o artista como um ser pinçado por Deus para fazer a ponte entre o céu e a terra... "O cara sabia se vender", disse certa vez Tubarão, que foi quem deu as primeiras machadadas que fizeram rachar os mitos. A única vez que Liszt menciona o violão em sua correspondência é em uma passagem em que diz que está escrevendo *A batalha dos hunos*, e faz uma brincadeira: "Não preciso dizer que não é para violão!". Sua trajetória foi repleta de altos e baixos extremos, amantes, aventuras, viagens, como nos livros de fantasia. Por fim, depois de perder todos os seus filhos e de se desapontar com a vida, desenvolveu um estado insone e depressivo. Jamais exibiu as pequenas obras para piano que escreveu na velhice, trabalhos que considerava incompletos e doentios, de um homem solitário, tornado religioso. No disco, com aquele Bouchet, B gravou exatamente esse Liszt de harmonias suspensas que despencam antes de se resolver, uma composição chamada *Nuvens cinzentas*. Com o álbum pronto, quando foi devolver o Bouchet a Tubarão, o antigo professor perguntou a B se não queria comprá-lo por um preço bom. Mas não quis: sua filha havia acabado de nascer, e não se sentiu seguro para fazer aquele tipo de investimento. Além do mais, não era um violão que se via usando tanto. Pouco depois, Tubarão morreu e deixou-lhe o Bouchet em testamento. O último gesto de ensino. Agora estava lá, pendurado com os outros violões, e parecia menor do que na memória de B. Parado no banheiro, B recorda coisas insignificantes. Por exemplo, comeram um kebab depois que Sandra tirou aquela foto. Mais tarde, enquanto caminhavam na rua, Sandra começou a falar inglês sem querer, e B a olhou com estranhamento até que percebesse o que tinha feito. "Ah, eu fico mudando de língua o dia inteiro", ela disse, agitando a mãozinha no ar. Assim que B soube que ia para a Inglaterra, pôs-se a estudar inglês como um louco. Por gostar de literatura, passou em um sebo de São Paulo especializado em línguas estrangeiras e comprou uma série de livros de Jane Austen no original. Talvez por isso, desde o começo, usasse palavras complicadas e pouco usuais para se expressar. O inglês ainda o deixava inseguro, claro, com um léxico que ninguém mais usava e uma inabilidade para a língua da rua. Sandra, ao contrário, falava português, espanhol, francês e inglês com uma naturalidade peculiar, uma desenvoltura que B jamais conquistaria, mesmo depois de anos morando fora. Mas a vantagem de Sandra nos idiomas veio de uma história dolorida. Por causa do golpe de 1964 — na escola, B fora ensinado a chamá-lo de *revolução* —, o pai jornalista e a mãe professora universitária se mudaram com os três filhos do Rio de Janeiro para a Argentina. Em Buenos Aires, enfrentaram mais um golpe e escaparam para a França. Os pais de Sandra se divorciariam uns anos depois, haveria a Anistia, mas ficou resolvido que ninguém voltaria para o Brasil: a mãe tinha um bom emprego em Paris, o pai se mudara para a Inglaterra e trabalhava na BBC, a vida estava resolvida no estrangeiro. Só quando B teve seus filhos é que chegou perto de compreender o medo que os pais de Sandra sentiram diante do perigo. O amor louco de segurar um bebê recém-nascido, tão quentinho, tão frágil... Não podia imaginar a si mesmo fugindo às pressas com a família e um serzinho daqueles.

Sempre quis conhecer o pai de Sandra, mas nunca teve oportunidade. Chegou a ser apresentado a um tio dela, uma figura incrível. Levaram-no aos The Proms, dois dias de um calor úmido infernal enfrentando filas e tomando sorvete, a fim de assistir a concertos fantásticos ao preço de uma libra. O tio de Sandra era o irmão mais novo da mãe e tinha mais ou menos cinquenta anos. "Quando vocês nasceram, eu já era um homem feito... Em 1967, eu lembro que saí com minha namorada da época, e a gente desceu a rua Augusta para comprar o *Sargent Pepper's*, que tinha acabado de sair. A gente levou aquilo para casa, parecia que tínhamos acabado de comprar uma joia... Chamamos uns amigos, preparamos um jantar, colocamos o disco para tocar e a gente *escutou*. Calamos a boca para ouvir, do começo ao fim. Acho que essa é a diferença entre a minha geração e a sua: vocês parecem ter tudo, têm acesso a tudo, e isso é ótimo, mas às vezes vocês podem acabar tendo uma conexão leviana com as coisas." Aquilo foi em 1990, 1991? É bizarro se lembrar de ter tido essa conversa ali no começo dos anos 90. Antes, os músicos tinham problemas de acesso: para ver um maestro específico reger, você tinha de viajar para o lugar onde ele estivesse. Hoje o problema é de filtro e foco: na internet, milhões de horas de vídeos e gravações. O que escolher? Às vezes o próprio B se vê perdido. O que diria o tio de Sandra sobre isso? Ele ainda estaria vivo? Na época, estava apenas passando as férias na Inglaterra e dizia que tinha um namorado inglês, que precisava encontrar depois do concerto, caso contrário certamente levaria os dois jovens para jantar. B estava confuso: como era possível que ele tivesse uma namorada, com quem ouvira o *Sargent Pepper's,* e depois um namorado? É claro que não compartilhava aquele pensamento com ninguém, apenas agia com naturalidade. Já era adulto e ainda estava envergonhado de sua inocência. Quando o tio de Sandra voltou ao Brasil, ela aprontou uma choradeira. Não parecia interessada em sair do Reino Unido ou da Europa, mas sempre se mostrava curiosa em relação ao Brasil. A cada viagem que Sandra fazia de volta, havia uma espécie de *retorno às origens* quase mitológico — uma relação cansativa para B. Reconhecia-se como uma mulher latino-americana, tornara-se aficionada pelo choro e por compositores brasileiros, e abusava desse repertório a ponto de enlouquecer sua professora na academia. Foi para dar vazão a esses impulsos que ela fundaria o Clube do Choro, assumindo a vanguarda de uma tendência que se intensificaria por lá nos anos 2000. De fato, o Clube do Choro acabou sendo uma fonte de renda até razoável para B e alguns amigos (Martin chegara a tocar com eles em algum lugar onde havia um piano, não? Agora não consegue se lembrar direito), apresentando-se em pubs e em pequenas casas de música, ainda no rescaldo da bossa nova ultraprocessada para importação. Hoje, vê a si mesmo nos jovens fazendo suas rodas de choro. Acontece que, depois de um tempo, começou a não suportar mais tocar ou até mesmo ouvir choro. Além de ser uma coisa que lhe parecia *repetitiva*, se sentia uma farsa diante do gênero: havia gente que tocava tão melhor que ele, por que cometera o crime de insistir tanto? Mais espontâneos, talvez. Mesmo com a passagem do tempo, B sente-se duro, preciosista, inflexível. Mais velho, já no Brasil, foi tocar Pixinguinha com um grupo de amigos, e logo que ele desceu do palco a esposa disse: "Você percebeu que era o único com a camisa enfiada para dentro da calça?". Apesar dessa resistência, os olhos de B se enchiam de lágrimas quando ouvia *O corta-jaca*, mas não sabia se era pela música em si ou se por remorso. Sandra costumava falar que, assim que se formasse na academia, faria uma longa viagem pelo Brasil (aos moldes da incursão mitológica e fictícia de Villa-Lobos), para conhecer por completo seu país de origem. Era uma realidade curiosa para B, filho de uma família razoavelmente apolítica do interior de Minas Gerais, preocupada sobretudo com questões domésticas e de sobrevivência. De tanto estudar violão, de tanto estar sempre grudado com outros violonistas, B temia continuar sendo apolítico, e esse era um dos motivos para estar o tempo todo atrás de Sandra. Ela sumiu por isso? Por não aguentar mais levá-lo colado ao pescoço, repetindo suas opiniões? Graça, sua professora na universidade, o alertava sobre olhar para o mundo de um ponto de vista informado. B já tinha recebido esse aviso de Tubarão, mas só aos poucos o compreendeu de forma mais concreta. Sandra ajudava: ao lado dela, lia com mais senso crítico as notícias do Brasil. Havia também as cartas que a irmã de B escrevia compulsivamente, feliz por poder votar para presidente pela primeira vez. Ele nunca dava conta de responder. Onde estavam essas cartas? Era tão bom poder ler algo em português, poder falar ainda que um pouquinho de português. Desde quando se conheceram, Sandra e B brincavam de traduzir os nomes de localidades inglesas. Wood Green se tornou Pau Verde; Shepherd's Bush virou Moita do Pastor. E ainda: Fazenda de Giz, Museu Britânico, Parque do Regente, Piscina do Fígado, Jardim do Convento, Feira de Maio, Capela Branca, Ministro do Oeste, Colégio do Rei, Colina do Nada. "Não é *Nothing* Hill, é Notting Hill!", Sandra corrigia, mas B gostava demais da ideia de um lugar que fosse uma colina para-o-nada. Até mesmo o pobre Bach se tornou João Sebastião Ribeiro, mas Sandra dizia que isso tinha sido ideia de Mário de Andrade. Sempre que se lembrava de Sandra — como se lembra agora, de pé no banheiro do quarto de casal —, estavam caminhando e trocando o nome dos lugares. "Eu vou te largar aí! Você anda muito devagar", ela protestava, e B pedia desculpas, tentando apertar o passo. Por mais compridas que fossem as pernas dele, Sandra sempre conseguia andar mais rápido. Caminhar em andamentos. Ela reclamava: "Você anda *adagio*, ou *lento*". E ele respondia: "Não, eu ando *andante*. Você que anda *presto*". Chegaram à conclusão de que o meio-termo ideal seria andar *allegro* quando estivessem com tempo, e *vivace* se estivessem atrasados. A cidade era assim: coisas maiores que pareciam menores, coisas menores que pareciam maiores. Antes de conseguir uma bicicleta (que teve por pouco tempo, porque jamais aprenderia as inversões da mão inglesa), B tentava andar a pé o máximo que podia. Uma coisa feia na cidade, e de repente uma coisa muito bonita. Na retidão exemplar de Londres, conseguia percorrer dez quilômetros em poucas horas, e às vezes consultava o percurso no mapa ensebado adquirido tão logo chegara ali, seu grande companheiro, calculando a distância aproximada com a escala no canto inferior direito do papel. Todos em Londres pareciam ser educados, solidários, e apontavam caminhos quando ele estava perdido. Isso havia sido um choque: a mesma solidariedade da cidade do interior em uma das maiores e mais antigas metrópoles do mundo (mas com um senso de privacidade sensível). Se bem que, no começo, houve uma situação péssima. Ao chegar, em um voo da Varig custeado por sua bolsa de estudos — já que servia refeições durante o trajeto, B não se poupou de comer um delicioso tornedor de filé-mignon sentado à janela do avião —, depois de tantas vezes voando em péssimas companhias aéreas para prestar concursos (por exemplo, pela LAP, as Líneas Aéreas Paraguayas, também chamada de *la peor*), esperava ter sua vaga garantida no albergue, reservada com certa dificuldade via telefone e fax. Mas, ao botar o pé lá, ninguém atendeu. Esperou bastante, até que apareceu um rapaz sonolento e ríspido dizendo a B que estavam lotados. Era a mesma sensação gelada de se lembrar da tia trancando o piano e o armário com os discos do avô. "Você coloca essas coisas para tocar e a gente não consegue nem pensar direito", ela resmungava, puxando a agulha da vitrola com violência, a ponto de arranhar o vinil. Por um tempo, os discos ficaram expostos em uma estante aberta: era só escolher, remover a capa do toca-discos e colocar para rodar. Sentado no chão, B lia as informações sobre *Turandot*, sobre *Carmen*, sobre *O barbeiro de Sevilha*, sobre

La Bohème; escutava baixinho, para não incomodar. Então a tia mandou construir um grande armário para guardar os discos. Era como uma cristaleira, de madeira escura e envidraçado na frente, com fechadura para trancar — o tipo de móvel onde se guardam as coisas frágeis, que não podem estar acessíveis às crianças. Todo o conteúdo tornou-se repentinamente inalcançável, mas permanecia visível aos olhos: nomes valiosos que podiam ser lidos nas laterais do papel-cartão gasto pelo tempo. Era como ver a Pedra de Roseta através de sua vitrine reluzente no Museu Britânico, todos os vasos gregos, as múmias, preciosidades, e não poder olhar ainda mais de perto. Não, no albergue não havia uma cama para ele, *so sorry*. B levava no bolso uma agendinha de capa de couro na qual anotara o endereço de um violonista brasileiro que tinha conhecido em um festival e que morava em Londres. Com seu inglês formal, impreciso e tímido, perguntou a um guarda de rua como chegar lá, tendo em mãos o mapa que pegara no aeroporto. Recebeu como resposta números complicados de ônibus, e o guarda, compassivo pelo jovem perdido, o levou até o ponto antes de se despedir. B se surpreendeu ao perceber um detalhe que nunca lhe passara pela cabeça em vinte e quatro anos de vida: na Inglaterra também se dava sinal ao ônibus esticando o braço. Seria assim no mundo todo? Até na China? Pela janela, tentava acompanhar as ruas, que passavam depressa naquele anoitecer de um domingo sem trânsito. Uma mulher de rosto rosado segurando uma criança de colo ofereceu ajuda, orientando a B que descesse dali a três pontos. Contou as paradas, confuso e exausto, e quando desceu não sabia se haviam passado duas ou três. Surpreendeu-se também ao perceber que os endereços daquela região não eram apenas números, mas números e direções: 21, 22, 23, 24 West, 21, 22, 23, 24 East. Como era possível? Com frio, faminto, arrastando sua mala e carregando o estojo do violão, foi e voltou várias vezes pelo bairro, pelas mesmas ruas de casinhas geminadas, todas iguais, até finalmente encontrar a que estava procurando. Já estava escuro. Bateu, bateu e mais uma vez ficou sem resposta. Exaurido, quase às lágrimas, sentou-se à soleira da porta e cobriu o rosto com as mãos. Teria de dormir na rua? A luz no jardim do vizinho se acendeu, e um homem tão alto quanto ele — mas pelo menos uma década mais velho — perguntou se estava tudo bem. O rapaz explicou: tinha vindo do Brasil para estudar na academia, reservara um albergue, mas ao chegar lá não havia vaga, e conhecia um brasileiro que morava naquela casa, mas ninguém atendia. Ia começar a chover. O inglês — como era mesmo o nome dele? — o chamou para entrar e tomar alguma coisa enquanto esperava. O choro, que se anunciava no nariz, se desfez para dentro da garganta. Seus olhos não chegaram a lacrimejar. A casa tinha um cheiro doce de coisas assadas. Pediu para ir ao banheiro, lavou as mãos e o rosto, olhou-se no espelho. Alguma coisa ali lembrava sua casa de infância — seria o jardim com algumas roseiras? Assim que chegou à cozinha, onde o inglês o esperava, o céu rompeu em tempestade. "Resgatei você na hora certa", disse o homem, sorrindo. Serviu a B uma xícara de chá com leite, a primeira das tantas que tomaria na Inglaterra. Alguns minutos mais tarde, uma mulher apareceu. Era uma jovem mãe, com uma criança sonolenta de cerca de dezoito meses no colo. Depois de se tornar pai, B sabe diferenciar muito bem as idades dos bebês. No entanto, quando se acompanha uma criança crescer lentamente, adquire-se um tipo diferente de percepção: certa vez, teve a impressão de que podia notar o crescimento do filho de um dia para o outro. O inglês explicou à esposa que vira o rapaz à porta dos vizinhos brasileiros. A inglesa o chamou de *oh, poor thing* e perguntou se ele estava com fome. Quando se deu conta, tinha diante de si uma tigela de sopa, que pôde repetir. Ao fim da refeição, o inglês lhe ofereceu um copo de uísque, que B aceitou prontamente. Já acostumado com boas cachaças, foi agradável a sensação ao mesmo tempo familiar e desconhecida do calor da bebida no corpo. A mulher levou a criança para a cama e voltou para ouvir o rapaz, que tentava sem sucesso desviar das formalidades excessivas de seu inglês livresco. B falou a respeito da bolsa que recebera, de como era o primeiro brasileiro da história a ser aceito no curso de violão daquela academia, cujas atividades haviam iniciado há nada menos que cento e trinta e seis anos. Aquelas pessoas, de aparência comum, tinham um bom conhecimento de música e compreendiam o que ele falava. Pareciam interessados, enquanto parte da família de B não entendia o que ele fora fazer em Londres — nutriam apenas uma admiração desinteressada e distante, até mesmo um pouco desconfiada, como se ele pudesse estar envolvido com algo escuso ou que não daria em nada. Quando a chuva deu uma pausa, B bateu de novo na casa dos brasileiros, e novamente ninguém atendeu. Exausto e desesperançado, foi surpreendido pela inglesa, que lhe ofereceu de bom grado uma cama quentinha onde dormir, arrumada no segundo andar da casa, num pequeno escritório. B pediu para tomar um banho, então a mulher lhe deu uma toalha e indicou a segunda porta no corredor. Na banheira cor-de-rosa havia um patinho de borracha. O chuveiro era baixo, a ponto de ele ter de tomar banho encolhido. O inglês também era alto, como ele fazia? B acabou batendo a cabeça mais de uma vez. Deu boa-noite ao casal, que ainda conversava na sala, e se retirou, caindo num sono pesado e profundo assim que encostou a cabeça no travesseiro macio. Quando contou essa história para Sandra, enquanto andavam pela cidade, ela grunhiu. "O que foi?", ele perguntou. "Nada", Sandra respondeu, para acrescentar em seguida: "É que esse tipo de história me faz pensar em coisas tristes, eu fico pensando... se fosse você um brasileiro negro, esse casal teria sido tão solidário? Era um casal branco, não era?". Sim, eles eram brancos e com cara de ingleses, tanto que B não conseguia se lembrar de seus rostos. Tinha uma dificuldade absurda em diferenciar os ingleses. Confundira, inclusive, na primeira semana de aula, outra pessoa com Carl, seu professor de violão na academia. Era como aquelas imagens de famílias reais, em que o tsar da Rússia Nicolau II se parecia enormemente com seu primo, Jorge V da Inglaterra; era difícil reconhecê-los, os ingleses brancos, sempre vestidos mais ou menos da mesma forma, sempre com a mesma postura. Na manhã seguinte, o inglês saiu logo cedo, e a inglesa disse que só deixaria a criança na creche e já volta. B ficou sentado na cozinha, sozinho, tomando café e observando a casa. Ainda conversou um pouco com a mulher antes de bater à porta dos vizinhos brasileiros e ser atendido dessa vez. Não estavam lá porque tinham passado o fim de semana viajando. Na casa havia uma cama para B na parte de cima de um beliche, mas não conseguiu resistir ali por muito tempo: bagunça excessiva, duas pessoas por quarto, cozinha suja, horários malucos, festa em dia de semana, sem lugar para estudar, sem lugar para escutar música em paz. Por mais que fosse jovem, de repente sentia-se velho para aquele caos. Não tardou a buscar outro quarto e felizmente, por intermédio de seu colega Arnau, encontrou Mimi. Mas esqueceu o nome do casal que o acolhera, perdeu o número de telefone que eles tinham anotado em um papelzinho. Não se lembrava mais nem em que parte da cidade aquilo acontecera, uma memória tão difusa, com certos toques de precisão inútil. Às vezes Sandra se esquecia de alguma palavra em português, e então dizia-a em inglês, perguntava qual era a tradução. O português, entre os dois, era a língua de contar segredos. Sandra, tão boa intérprete, talvez por isso falasse bem tantas línguas: encarava o que pedia a partitura. Ela pertencia a toda parte, cumprindo o paradoxo de, assim, não pertencer a lugar algum. Odiava que a chamassem de *Sandy*, talvez por isso ela gostasse tanto de B: jamais passara pela cabeça dele chamá-la *Sandy*, como faziam alguns colegas, só Sandrinha, porque ela era uma moça pequena. Sandrinha, como sua família a chamava. Entre os dois isso nunca pegou. Sempre, por algum motivo, alguém achava que o que eles estavam falando era russo ou alguma língua eslava. Era a fonética do português? Quando B dizia que era brasileiro, alguns riam. *No, you're not!* Naquele primeiro ano, ele usava o cabelo comprido. Foi Sandra quem descobriu o primeiro fio branco, quando B deitou a cabeça em seu colo, ao se estirarem sob o primeiro sol da primavera de 1990 no Regent's Park. Uma cabeça de apenas vinte e cinco anos com um fio branco. Ao mesmo tempo, ainda tinha espinhas no rosto. Mimi gostava de fazer remédios caseiros para a acne que eram bastante efetivos, apesar de não cheirarem muito bem e mancharem o travesseiro. Na noite do dia em que encontrou o cabelo branco, B quis escrever uma carta a seu pai, que morrera sem um fio escuro na cabeça. Ao longo dos próximos anos, os fios brancos aumentariam e aumentariam, até que B agora se olha no espelho do banheiro e vê seus últimos fios pretos no cinza predominante. O sono solto da mulher ao fundo, seus cabelos macios, castanhos, estendidos no travesseiro branco. O cabelo comprido de B não resistiu ao seu segundo inverno em Londres. Veio a tesoura — não podia perder tempo com o secador. Sair na rua com os cabelos molhados? Mimi enlouqueceria! Nada de ficar doente. Uma gripe era o fim do mundo para os velhos daquele tempo. Certo, Mimi passara por guerras, vira pessoas morrendo de doenças hoje inexistentes. Todo tipo de desgraça. E, de fato, B sofreu as piores gripes de sua vida em Londres. As piores febres. Eram sem dúvida mais fortes, acompanhadas de delírios. E crises alérgicas intermináveis, sempre no mês de setembro. Era com febre que sentia mais saudade da mãe, da irmã, perguntava-se o que estava fazendo ali. Saudade do pai, da música do pai. Em 1989, gente de todas as partes, com todo tipo de história, convivia em Londres já havia algum tempo. A cidade ficaria cada vez mais multicultural e, justo por isso, mais interessante. Um dos colegas, que entrara para a academia uns anos depois de B, foi a primeira pessoa que ele conheceu que poderia ser chamada de refugiado político: um jovem violonista iugoslavo. B se lembrava dele, um lagarto verde repousando sob uma luz artificial, tratado como se fosse o último de sua espécie, metido em um aquário de vidro. Parte da família daquele moço iugoslavo morrera havia pouco, mas ele precisava seguir vivendo. Londres era a terceira ou quarta cidade para onde se mudara com seu violão, e não seria a última. Pelo que B sabe, ele vive hoje na Suíça, e parece não gostar de contar a própria história, porque sempre falava daquele assunto de forma resumida, sem imagens de conflito: nasci na Iugoslávia, hoje Bósnia e Herzegovina, ponto-final, próxima pergunta. Nascer em um país e de repente esse país não existir mais — como se tivesse implodido inteiro. Um dos acontecimentos mais brutais do século XX. B ainda se surpreende com a capacidade de mudança no mundo, com a facilidade da violência. Sempre teve pouco interesse por massacres, achava museus sobre guerras espaços assustadores. Talvez fosse uma defesa, pois se deixava afetar demais. Talvez daí viesse a febre. Até hoje a memória meio acinzentada do violonista iugoslavo lhe causa um sofrimento retroativo: moreno, entristecido, parecia-se com Franz Kafka. Era dele o Granados mais bonito que B já ouvira alguém tocar. Por anos, espelhou seu *La Maja de Goya* no dele — uma música de pescoço erguido, o violonista iugoslavo sabia como fazer. Passar por acontecimentos históricos é diferente de ler sobre eles. Às vezes as pessoas têm esse hábito de perguntar, talvez para puxar assunto: onde você estava no ataque às torres gêmeas em 2001? Onde você estava quando soube que caiu o muro de Berlim? E essa pergunta fazia com que B se sentisse estúpido, alienado. Mimi havia saído, fora passar o fim de semana com a irmã — por isso nunca se esqueceu de que o dia 10 de novembro de 1989 caiu numa sexta-feira —, e Arnau não estava em casa. B vinha se sentindo gripado, estava, de fato, um pouco febril. Tinha ido dormir cedo na noite anterior, acordou e passou a manhã toda estudando, sozinho em casa. Sexta sim, sexta não, logo depois do almoço, marcavam ensaio do Clube do Choro, e por algum motivo não poderiam ensaiar na casa de Sandra naquela semana. Ela anotara no caderno de B o endereço do novo lugar onde deveriam se encontrar. Ele ficara o tempo todo imerso em si mesmo, sem ligar o rádio nem a tevê. Gostava muito de estar sozinho em casa, Mimi era completamente viciada em barulho. Aumentava o som a toda a altura e chegava a conversar com os apresentadores dos programas de rádio, a insultá-los, a reclamar que tocavam sempre as mesmas músicas e que fazia anos que não havia programas decentes de música clássica. B tinha almoçado lendo *O idiota*, livro que por algum motivo nunca chegou a concluir. Talvez fosse ele o idiota, o que fazia parte apenas de si mesmo, como dissera Sandra tantas vezes. Mas como prestar atenção em tudo? B não tinha a energia que ela tinha. Era preciso se concentrar na música. Lavou a louça, escovou os dentes, vestiu o casaco e saiu. Na rua, em geral tão pacífica, notou uma movimentação diferente, uma conversinha no metrô, uma espécie de comoção. Entrando na casa desconhecida onde haveria o ensaio, B percebeu um silêncio esquisito, muito diferente do som de jovens se preparando para tocar. Será que tinha errado de endereço? Mas os amigos estavam ali, muitos de pé, apenas Sandra sentada em uma poltrona. Todos quietos diante de uma televisão ligada no centro da sala antiquada. Sandra chorava. De felicidade ou tristeza? B perguntou o que era aquilo e viu as primeiras imagens de multidões se reunindo em torno do muro de Berlim, grandes pedaços sendo destruídos a marretadas. "Você não sabe que o muro caiu?!", alguém disse ao se dar conta de sua ignorância. Surpreso, assistiu à destruição, aos abraços trocados, às lágrimas de tanta gente que se reunia, às multidões andando de um lado para o outro da cidade antes dividida. Para os colegas, era impossível encarar um acontecimento desses com normalidade. Era como se a vida não pudesse seguir. Precisavam beber alguma coisa. Ele ficou um pouco chateado ao perceber que era o único que ainda queria ensaiar. Para isso tinha superado a moleza de uma gripe; afinal, não fora até o outro lado da cidade para ficar à toa. Mas calou a boca. Não se lembra de muita coisa depois disso. Se voltou para casa, se tomou cerveja. Mas se lembra de ter recebido uma carta longa de sua irmã antes do fim daquele ano, e que a carta mencionava vagamente o muro de Berlim. O assunto principal era sua infelicidade com a eleição de Collor, e dizia que não podia sair coisa boa daquilo. Informava que algumas pessoas da família tinham feito coro à campanha dele, algumas tias, inclusive a do piano. Narrava certo desconforto em casa. Onde estava quando ocorreu o golpe militar em março de 64? Ele tinha algumas semanas de vida. E o homem na lua, em 69? Tinha cinco anos, não poderia se lembrar, apesar de gostar de brincar com os foguetes espaciais que o pai fazia com papelão, decorava com papel brilhante e coloria com giz de cera. Mimi se lembrava tão bem, descrevia como vira na televisão, em uma sala cheia de colegas do balé. Os lugares no tempo, esses marcos, com seus números, a ordem dada pelas vinte e quatro horas do dia e da noite, pelos meses do ano... Por isso mantinha em seu escritório aquele cartão-postal com a imagem da queda do muro, as cores acinzentadas do cimento em contraste com o colorido sintético das roupas das pessoas e das pichações: para recordar que, por mais que fosse apenas um homem, ele era parte do mundo. Uma testemunha. O menino iugoslavo era o estudante de violão mais jovem de todos (B era o mais velho), tinha dezessete anos, era pequeno, magricela, ficou pouco tempo na academia. Depois foi estudar em outro lugar. Onde? Claro: o iugoslavo ficou sem passaporte válido, ou seja, sem vaga na academia. Aquilo era ridículo, tirá-lo dali depois de seis meses de curso; e o asilo político? Sandra ficou falando disso por semanas até se acalmar. A injustiça do mundo.

Ela, que nunca tinha trocado uma palavra com o menino iugoslavo, mas simpatizava com a situação. Estava certo? Era *possível* aquilo, alguém ficar sem passaporte? Então algo absurdo aconteceu: para conseguir dinheiro e residência em outros lugares, o garoto iugoslavo se entregou aos concursos e caiu matando, levando vários primeiros lugares de uma vez. Mereceu, mas e se não fosse bom como era, o que teria acontecido? Um campo de refugiados? A morte? Diziam que o moço chegara a fazer dez concursos em um ano. Tivera algum mecenas, como os ricaços do programa Highly Trusted Sponsor, que sustentavam alguns alunos na academia? A bolsa de B, felizmente, era do governo brasileiro, e Sandra tinha um *sponsor*, o que para ela parecia uma humilhação. Foi por volta dessa época que B leu aquele texto do Walter Benjamin que fala sobre a afasia dos soldados que voltavam para casa. O trauma da guerra de trincheiras, a primeira como aquela, não queriam mais falar sobre nada. Sem cantos épicos de heroísmo e vitória. O trauma. Ou fora Adorno que escrevera sobre isso? Ou ambos? Procuraria nas estantes o volume vermelho que, desbotado pelo sol que batia em cheio no escritório, tornou-se cor-de-rosa. Mas pensaria nisso depois de fazer a barba, claro, ele precisa fazer a barba e devolver aquele porta-retrato ao lugar, passear com a cachorra, ver se a mulher deixou uma lista de compras na porta da geladeira, colocar roupa para lavar e fazer o café da manhã das crianças; só depois tomaria um banho. "Não somos amigos, mal nos conhecemos, e ele não conversa direito com ninguém, só toca", B dizia a Sandra, que o enchia de perguntas sobre o garoto iugoslavo, que andava o tempo todo com os violonistas, claro. Os instrumentos e as especializações da academia dividiam seus alunos em bandos homogêneos. Tudo era sectário. Naqueles anos, eram apenas homens no grupo de violonistas, a maioria garotos britânicos, além do catalão Arnau e de um alemão. Depois, chegaram violonistas de outros lugares: China, Hungria, Estados

Unidos, Grécia. Havia um percussionista brasileiro na academia, mas B trocou poucas palavras com ele pelo mesmo motivo por que trocava poucas palavras com o iugoslavo: retração, timidez, autocentramento, arrogância. Desde aquela época, sentia que os brasileiros no exterior se atraíam como ímãs, e hoje essa impressão é ainda mais forte. Alguns odiariam saber que, no futuro, parte da classe média, que nunca saíra do país, enfim poderia viajar para a Europa. Mas B era sempre tremendamente bem acolhido por seus conterrâneos quando estava fora: certa vez, emocionou-se ao ver baianos e mineiros em um concerto que fez em Cartagena, na Colômbia; ou quando um jovem estudante de violão o levou para um passeio de barco tão memorável no sul da Espanha; ou com a recepção dos nipo-brasileiros no Japão, a quantidade e a variedade de comida que lhe ofereceram em um jantar. A quentura saborosa dos caldos, que ainda buscava reencontrar no bairro da Liberdade. Enquanto estudou na academia, os violonistas formavam aquele grupo encouraçado, às vezes fumando cigarros diversos, às vezes tomando café, levando café uns para os outros, falando baixinho por cima da mesa, ou explodindo em gargalhadas. Abrir-se era difícil, havia uma postura uniforme da qual não podiam sair: a coluna reta, uma segurança absoluta de si, uma impenetrabilidade. Até Carl, apesar de ser tão gentil e receptivo ("É preciso desenvolver uma relação amorosa com o seu instrumento", ele dizia, e dizia também: "o movimento precisa agradar o corpo", coisas que B repete hoje para seus alunos), tinha certa dificuldade de se abrir, de falar da vida pessoal para além de uma superfície de anedotas aparentemente indefesas (mas nunca picantes como eram as de Tubarão). Nenhum problema, nenhuma tristeza, nenhum conflito. Era um homem que não existia para além dos muros da instituição — raríssimas vezes o viu fora do espaço da academia, e ficava sempre inquieto ao encontrá-lo. A tia dizia: "Você não vai conseguir ser um bom pianista com essa ansiedade toda, com essa pressa", recorda B enquanto pega a espuma de barbear de cima da pia e a espalha no rosto. Aquela espuma, detesta o perfume dela. Um cheiro agressivamente masculino. Lembra o perfume misturado ao suor dos vestiários nos últimos anos da escola ou dos vestiários da piscina que frequentava em Londres. A solução era usar uma grande quantidade do produto para acabar logo e passar para o tubo de perfume suave. Como era mesmo o perfume de Sandra? Usava perfume, um cheirinho bom que B nunca mais tornou a sentir depois que ela sumiu. Sandra era uma pessoa que transformava ansiedade em tédio: estava constantemente parecendo enfastiada, bufando, levava o aborrecimento em seu passo rápido de andar na rua, procurava o tempo todo outra coisa para fazer. B sabe que é assim também, nisso são parecidos: ele sempre estava e está pensando na próxima viagem, na escola em que colocará os filhos depois do ensino fundamental, o próximo repertório a ser tocado. Até hoje é assim, tenta se controlar, se contentar com o que está estudando no momento, nada de próxima coisa... mas lá está, à sua frente, a lâmina de um novo desejo. B segura o barbeador com firmeza, pensando em não se cortar. A pele fina cada vez mais fina. Talvez devesse deixar crescer a barba rala que nunca engrossou, que ele nunca teve coragem de cultivar. Os caprichos. *Capricho*. A palavra soa mal para ele, mesmo em relação à música. Dizem que a palavra *cabra* tem a mesma raiz de *capricho*. Uma característica feminina? Talvez por ser uma exigência da tia, professora de piano de cidade do interior, tocar com capricho, escrever com capricho. Tinha uma letra muito boa, ao contrário da maioria dos meninos da escola, que, orgulhosos de ser sujos e desleixados, sofriam represálias sem conseguir apagar do rosto o júbilo da transgressão. O orgulho da preguiça, da baderna. B, ao contrário, era *delicado*. Entende hoje que a preguiça, na verdade, pode ser uma maquiagem de tantos outros descontentamentos. Embora houvesse, sim, um enfado, uma sensação de inutilidade que rondava certas tarefas escolares, uma desconfiança diante de alguns postulados. Mas, ainda assim, uma submissão. Termina de passar a lâmina na bochecha esquerda, direcionando-a para a direita, a parte difícil. O aprendizado através da repetição, a cantilena de refazer o que já se sabe diante do espectro simultaneamente desejado e assustador do futuro. O violão era outra coisa: na adolescência, seus colegas de escola achavam estranho o respeito excessivo de B pelo instrumento, que não servia para tocar rock, mas um monte de músicas complicadas escritas por pessoas mortas havia séculos. Um retrato de Bach e sua peruca provocava riso. B era visto como um menino *sensível*, e talvez por isso até um pouco *frouxo*. Seu pai também era, a seu modo, um homem sensível, motivo pelo qual nunca reprovou, mas estimulou o cuidado que o menino tinha com tudo. Certas vezes caíra sobre B a fama de criança arrogante: um *metido*, um menino *fresco*. Foi essa delicadeza, contra a qual tentou lutar por anos, que o deixou tantas vezes em perigo? Porque, enquanto crescia, B teve um vizinho da frente, um velho solitário, de aspecto abandonado e que cheirava mal. Aos dez anos, B ouviu dele: "Você gosta de transar?", e aos onze, "Algum coleguinha já te chupou? Você já chupou algum?". Aos doze, o velho o chamou, tentou agarrá-lo, mas B escapou. Dois anos depois, o infeliz morreu. Teve também um taxista que colocou a mão em sua coxa depois de desligar o taxímetro no meio da corrida. E um policial que o parou em sua cidade, quando B estava voltando sozinho de um Carnaval de rua, aos dezessete anos, e o revistou, apalpando seu corpo de uma forma que não pareceu adequada. Tinha imaginado coisas? Certas propostas que instintivamente não quis ouvir até o final, certos olhares distribuídos aqui e ali... ou quando ficou sozinho com um amigo de seu pai, e esse amigo desabotoou as calças, mostrando-lhe o pênis e perguntando se B já tinha cabelo ali. Reagiu da mesma forma em cada uma dessas situações: desviando os olhos. Jamais poderia contar isso a alguém. Percebeu que, conforme deixava de ser adolescente, ia ficando de alguma maneira invisível àqueles homens, e, tornando-se ele mesmo um homem, punha na própria consciência que *jamais* seria como eles, nunca seria ruim assim. Mas tinha a seu favor a vantagem de ser um excelente jogador de futebol, e sempre foi muito alto, muito ágil, então nunca apanhou, chegando até a defender os que apanhavam. O tio, marido da tia do piano, implicava com B o tempo todo. "Quero ver se você sabe tocar violão de verdade, toca uma música dos Beatles aí!", solicitou certa vez, quando se encontraram durante um dos intermináveis almoços de família. Trabalhava viajando — B nunca entendeu bem o que ele fazia, e talvez ninguém entendesse direito. Bonachão, desagradável, um parente que não partilhava diretamente de seu sangue, embora parecesse penetrar a família como se fosse seu patriarca, e que se desdobrava em piadas sobre a *delicadeza* de B. Numa tarde, entreouviu uma conversa de cozinha entre a mãe e a tia em que falavam da possibilidade de que aquele homem tivesse outra família, em outra cidade. Era algo quase comum. Naquela mesma semana aprendeu o termo na escola: *bígamo*. A tia estava sempre aflita, sem saber quando o marido voltaria para casa. Se o tio estivesse na cidade, as aulas de piano eram canceladas, porque a tia precisava fazer seu papel de esposa. Ao que parecia, o tio se irritava com o entra e sai de crianças, suas mãozinhas sem ritmo no piano, a idiotice da música clássica. Para B, uma semana sem piano era a maior infelicidade. Sua mãe justificava: "Eles precisam ficar em família. Você é um grande sortudo de ter seu pai sempre por perto". Torcia para que o tio fosse embora logo: depois de passar a semana com o marido, a tia parecia menos amargurada, mais generosa, mais fácil de lidar. Depois, a coisa ia azedando, ela apodrecia. Um dia, B foi surpreendido por uma chuva no meio do caminho e chegou todo molhado para a lição. A tia gritou: "Direto para casa agora, você está encharcado! Não pode tocar piano molhado desse jeito". Na semana seguinte, B voltou, tocou a campainha e ninguém atendeu. Insistiu e, cansado, um pouco sonolento, sentou-se no meio-fio e ficou aguardando. Talvez o tio estivesse ali e ela se esquecera de desmarcar a aula. Talvez tivessem saído. De repente, a prima menor saiu de casa e se sentou ao seu lado. Primeiro, ficou em silêncio. Depois disse: "Minha mãe disse que não vai mais dar aula para você". Com a humilhação incontrolável descendo à força pela goela, retornou à casa e não teve coragem de contar aos pais. Mas não demorou para que eles descobrissem. "Ela é assim mesmo, dá umas birras, mas logo melhora e volta a te dar aulas", disse o pai, com uma normalidade cansada. Poucos dias depois, quando a tia ligou e ofereceu a retomada das lições, B recusou. Seus pais ficaram confusos: gostava tanto do piano, era tão bom naquilo, como havia perdido o interesse assim? Como era possível — ele se lembra agora, lavando o rosto barbeado, sem cortes — seu pai, tão alegre, ser irmão de uma megera daquelas? Era incômodo recordar como se pareciam no gestual, no modo de falar, de se sentar, e ainda se sente muito mal quando vê em si mesmo algo parecido com aquela mulher. Algo na voz de B soava como a voz dela, um anasalado. É como se estivesse cometendo um desvio de caráter secreto, uma violência interior, ao admitir em seu corpo os genes daquela desgraçada. Olha-se no espelho: fazer a barba é sempre se lembrar do pai. O garoto iugoslavo era tão jovem, mal tinha barba, e não teria pai por perto para ensiná-lo a fazê-la. Limitada capacidade de compreensão de política internacional, os gestos inegociáveis dos governantes como birras infantis. Sandra, sim, Sandra gritava contra o desmonte do bem-estar social. Mesmo sem ser inglesa, Sandra protestara contra a Poll Tax e participara de muitas coisas. Foi bom ver a queda de Thatcher ao lado dela e de Martin. Mimi também odiava Thatcher: olhava para a primeira-ministra como se estivesse suportando um insulto pessoal. Liam os jornais mais orientados à esquerda.

Até hoje, quando vai à Inglaterra, B gosta de comprar edições impressas dos jornais, embora não os leia de imediato. Ele os traz consigo para o Brasil (boa companhia para horas de avião) e os lê por uns dias, e logo estão misturados aos jornais do xixi da cachorra na lavanderia. Martin tinha um amigo pianista que defendia Thatcher a todo custo, e por isso estavam sempre brigando — segundo ele, ser amigo daquele sujeito era *a tragédia de sua vida*, ou *um fardo a se suportar*. Sempre dramático, B censura um riso, que escapa pelo nariz. Recorda vagamente o discurso que desencadeou a queda da primeira-ministra. Um líder histórico do partido conservador renunciara. Geoffrey Howe, uma voz que soara tediosa para B a princípio, mas que por algum motivo era hilária e causou muito barulho, fazendo piadas que ele não entendia de primeira. Teve de ouvir mais de duas vezes para captar a metade. Depois, Martin explicou tudo. Uns nove dias disso e Thatcher caiu. Martin se esbaldou ao vê-la deixando o número 10 da Downing Street com os olhos lacrimejantes. "No banco traseiro do Jaguar", Martin disse, rindo à beça, enquanto Sandra trazia cervejas, "com um lencinho recolhendo uma lágrima, ah, a pobre coitada!" Major, seu sucessor, fora apelidado de *the man without qualities*. Histórias que não poderiam ser esquecidas. B lava o barbeador antes de guardá-lo. Ainda acredita que o impulso pela destruição é muito maior, a ganância total é muito maior, de forma que só poderia haver mesmo a aniquilação. Não precisa ir longe, perto de casa existiram muitas histórias pavorosas das quais ele nunca fez parte, das quais ele quase sempre esteve protegido por tantas camadas de cuidado. Guerras infinitas escondidas em São Paulo, uma cidade que ele nunca sentiu ser sua. A história da família — apesar de sua mãe, sempre tão alegre, querer defender o lado positivo das coisas, dizer que eram, sim, muito felizes — tinha suas tragédias. Quando a desdita é própria, ela parece irreal, como se amortecida pela necessidade de ir em frente. Mentiras bem contadas, que foram verdade por anos. A resistência em encarar a desgraça, a proibição da palavra "desgraça". A mãe dizia: "Sua tia é uma pessoa difícil, mas ela nunca te quis mal. Foi dela a ideia de te ensinar piano, e está fazendo isso de graça, com toda a boa vontade, porque a gente não poderia pagar, você sabe muito bem". Querer mal? Estava tudo na intenção consciente? E se o mal fosse sem querer? O piano ficou preso com sua tia, com sua voluntariosidade, na casa que recebia as filhas perfumadas da elite interiorana. A tia costumava também ir às casas aristocráticas ensinar essas garotas, caso elas possuíssem um piano. Por mais talento que tivesse, B não cabia ali. Era o violão ou música nenhuma. Depois, por causa das varizes que se recusava a operar, a tia parou de ir até as alunas, só ensinaria quem fosse até ela. As cortinas verdes da casa foram ficando cada vez mais fechadas, de modo que o sol da tarde não atingia a sala. Tudo era muito doméstico. Talvez fosse esse o problema. O tempo concorrente, espaço sobreposto, restos do século XIX que se recusavam a morrer, rastejando e voando, peçonhentos, difíceis de exterminar. A tia era má: quando falava dela em entrevistas, tentava não deixar passar o rancor ou a mágoa; ao contrário, tentava soar absolutamente neutro, sem demonstrar o mal que essa personagem lhe causara. Quando B volta de uma viagem de concertos ou de um festival, como acabou de voltar depois de duas semanas fora de casa, o cansaço o deixa mais suscetível a tudo. Com a ponta dos dedos, ele toca o rosto liso, sem nenhum vestígio áspero de barba, do jeito que a esposa gosta. Ao olhar-se longamente no espelho, demora a localizar o aspecto feminino, de garoto efeminado, tão temido na juventude. Não está mais no seu rosto, no seu maxilar delicado; restou apenas alguma coisa nos olhos, uma umidade. Conseguia se lembrar com fundura das maldades da tia, a ponto de precisar se esforçar ativamente para deixá-las de lado. Mas as memórias fornecem ainda um terror silencioso. Um moleque de sete anos com medo daquela senhora, seu nervosismo, por desejar tanto o piano, o acesso à música, ensinado por ela até os onze, doze anos. Como aguentou tanto tempo essa tortura? Às vezes, B sentia que era ele quem estava fazendo um favor a ela, não o contrário. A tia gostava das coisas feitas como ela queria, ou trancava o piano e acabava com a festa. Mas não era festa. Era estudo. Ele sabia. A devoção de B era tratada como se fosse tolice. A fala da tia arranhava um ressentimento brutal... Habilidades pouco tinham a ver com o gosto, tinham a ver com a capacidade de tolerar. Caso B se desviasse do método, se pedisse algo diferente, se implorasse para tocar outra coisa, era punido. Numa época, ficou completamente obcecado pelo *Kinderszenen*, de Schumann, sem se atentar para a dificuldade das peças; queria Schumann, mas recebia aqueles métodos de música facilitada do Mário Mascarenhas, *Duas mãozinhas no teclado (método para piano para crianças desde 4 anos), 120 músicas favoritas para piano 1º, 2º e 3º volumes, Curso de piano*. Não tinha paciência para aquela chatice, não tinha tempo! B coloca em perspectiva: como era ridículo, é claro que tinha tempo. Mas por que aquele sentimento de urgência absurdo, que jamais o abandonaria? E por que a tia deveria ter paciência com ele? Aquele menino insolente, que não parava de crescer, pernas tão compridas que alcançaram os pedais muito antes das primas mais velhas, lembra-se, olhando de novo para o porta-retrato e vendo que havia água respingada sobre o vidro. Ele passou a tolerar o estudo do violão, por mais que achasse mais difícil e menos atraente que o belo piano da tia. De repente, aos quinze anos, B cresceu a ponto de as casas do violão parecerem pequenas demais para seus dedos. Aos poucos, ia percebendo que aquele poderia ser um instrumento cheio de generosidades. Apesar de exigir tanto, dava muito de volta. Não à toa Tubarão o chamava de "uma pequena orquestra", tamanha era sua variedade de timbres. Ainda assim, B não estava satisfeito: queria algo mais, maior, vozes, um coro, uma orquestra, as grandes sinfonias. Naquela entrevista com Julian Bream — de quando mesmo? —, em que ele diz que, através do contato íntimo que o violonista tem com as cordas, e por causa dessa intimidade, pode-se ter à disposição uma grande variedade de cores... tudo é possível dentro dessa caixa de madeira. Os violonistas se orgulham disso, B ri, como se precisassem de algo para justificar a beleza de um instrumento de pouca projeção e papel quase nulo nas orquestras. Para piorar, é um dos instrumentos menos ergonômicos que existem, dividindo essa qualidade com o gigante contrabaixo: para que ele se adéque propriamente ao corpo, é preciso apoiar o pé em um banco, ou usar um apoio na coxa. Mas nenhuma dessas soluções inventadas depois do próprio instrumento é universal — todo violonista acaba experimentando vários tipos de gambiarras ao longo da vida para ter uma postura razoável. B se sente um dinossauro: ainda prefere o banquinho. Para tocar piano, basta se sentar e manter boa postura, pelo menos era assim que ele pensava, e por isso, por tantos anos, o instrumento parecia melhor. Quando B soube que tinha sido selecionado para a academia, com a bolsa de estudos que possibilitaria a viagem, já morava sozinho em São Paulo havia cinco anos. Lembrou-se de imediato do piano trancado à chave, em silêncio, provavelmente já desafinado e inútil, com as fotografias da família sobre o tampo coberto por um passador de renda. Nenhuma das primas seguiu a carreira de musicista que a mãe planejara para elas. Uma abriu um restaurante self- -service. À outra bastou se casar, ocupando agora a casa da família, onde manteve ainda por algum tempo o piano da mãe trancado na sala, juntando poeira. Depois, o instrumento desapareceu dali. B gostaria de ser teimoso o bastante para procurá-lo. Talvez estivesse em um depósito. Tantas coisas desaparecem por aí, e ele não tem coragem de procurá- -las. O rosto de Martin. Por dias, depois de receber a notícia de que tinha ganhado a bolsa de estudos, manteve seu pensamento no piano sobre o eterno piso de madeira coalhado de fantasmas.

Se os objetos pudessem viajar no tempo, B enviaria aquele piano ostracizado para a casa daquele menino deslumbrado que ele fora, tirando tudo de ouvido, se esforçando para ser bom. Talvez assim pudesse virar um pianista na academia ou em outra escola internacional. Um moleque irritante. A tia estava certa por não deixar que ele tocasse Schumann logo de cara e insistir em se ater ao método, caso contrário, ele poderia ficar com deficiências técnicas difíceis de desfazer. Aprender errado muitas vezes é pior do que não aprender. Mas ela também ensinou a B algumas coisas de forma pavorosa: até hoje tinha uns problemas de compreensão musical, certos engessamentos, por causa das afirmações da tia. Uma professora de mau ensino, B conclui, por isso nenhuma das crianças que ela ensinara chegou perto do virtuosismo desejado. Exceto ele mesmo, mas no violão. Caso tivesse se tornado pianista, B provavelmente não iria para a academia e não conheceria Sandra. Ouviria falar de Martin, com sorte o conheceria, afinal, Martin é um pianista célebre agora; mas Sandra, muito pouco provável. Caso tivesse a sorte de conhecer Sandra, B estaria sempre de mãos vazias, sem carregar o estojo duro do violão para cima e para baixo ao lado daquela garota destemida. "Você quer ganhar uma graninha? Pega seu violão e vem comigo", Sandra disse, pouco tempo depois de começarem a estudar juntos. O metrô claustrofóbico. Tocar lá por alguns trocados, ou até mais que uns trocados. Quando faziam a *História do tango*, de Piazzolla, os passantes esvaziavam os bolsos. B agradeceria tanto a Astor Piazzolla, quase um patrocinador de suas viagens, das extravagâncias culinárias na casa de Sandra, dos ingressos no Wigmore Hall e no Royal Opera House. Estaria Piazzolla ciente de sua capacidade de comover com facilidade os ingleses que se detinham no *tube* para escutar um pouco de tango e multiplicar libras dentro de um estojo de violão? Só mais tarde, depois de tocar *História do tango* até enjoar e buscar outras composições do argentino, B achou que o compositor era uma farsa. Não, talvez *uma farsa* seja um termo muito pesado, mas descobrira sua artimanha ao entender que todas as suas composições eram parecidas demais. *Libertango, Tango suíte, Concerto para bandoneón, violão e cordas, Adiós Nonino*, todas iguais. Hoje, não suporta Piazzolla: odiaria categoricamente qualquer compositor que encontrasse uma fórmula e não fizesse nada além de repeti-la; e odiaria qualquer intérprete burocrático e acomodado que não ousasse, não tivesse expressão e ficasse trabalhando numa zona segura, como acontece a muitos de seus colegas. Sandra, com seu fanatismo de torcida pela América Latina, estudava Piazzolla com afinco. Ela e B brigaram algumas vezes por causa disso, brigaram de gritar um com o outro, de deixar os amigos assustados, sustentando a imagem de *sangue quente* dos brasileiros. "Você encontra uma coisa que está dentro de você, uma *inspiração preciosa*", B disse, em português, "e se apega àquilo como se fosse um santo graal, sem fazer nada diferente. Você tem que se mover de onde está, arte é isso! Você não vira artista para fazer o que está no topo da sua cabeça, você precisa colocar tudo em resistência, em perspectiva." Sandra espumava, gritando de volta que a genialidade de Piazzolla estava precisamente no pouco material que ele usava para compor uma variedade de peças grande a ponto de os dois não serem capazes de esgotá-la naqueles anos de academia. Um compositor não pode ser considerado um mau compositor por se repetir ou por, de alguma forma, se entender dentro de um nicho de mercado. Além do mais, Sandra berrava, Piazzolla tinha aquela proximidade revolucionária com a música popular e conseguiu voltar a atenção do mundo para a Argentina, um país da América Latina, excluído de tudo. B pensou que Sandra pararia de falar com ele naquele momento, mas foi o contrário. Lembra-se que foi depois de uma dessas brigas que a amizade evoluiu para outra coisa. Talvez a briga sobre Piazzolla tenha sido na verdade anterior à primeira noite que B passou com Sandra, numa intimidade que ele não tinha vivido com nenhuma mulher até então. Sandra parecia estar experimentando modos de vida. Depois de uma briga feia que teve com a mãe em Paris e um término de namoro com um homem muitos anos mais velho que ela, foi para a Inglaterra "ver o pai". "Ver o pai", por assim dizer, era passar no mestrado da academia e em seguida se mudar para uma republiqueta juvenil em uma casa antiga que se dizia vitoriana, com um *landlord* isolado num apartamento subterrâneo e senil o bastante para não ouvir a bagunça que os *flatmates* faziam. Ver o pai ela só via às vezes — mesmo ele parecia estar vivendo suas farras. Respeitosamente, ela não entrava no caminho do pai, o pai não entrava no caminho de Sandra; mas os dois se ajudavam quando qualquer problema aparecia. Sandra sempre queria dinheiro para viajar. Faziam o que podiam. Também gostava de levar B a restaurantes *diferentes*, empurrando-o para dentro de um tailandês (onde ele chegou a trabalhar em umas férias), de um lugar que servia comida macrobiótica (dos preferidos de B nas semanas mais tensas, nas quais ia se apresentar e o corpo se recusava a digerir), de um grego, que se parecia mais com um pub na estrutura, exceto pelas bandeirinhas azuis e brancas, os mapas do mediterrâneo, as fotografias de praias paradisíacas apagadas pelo sol, que devia bater em cheio no papel, deixando apenas a memória da fluorescência do mar azul. "Queria ganhar uma grana e ir para a Grécia", B disse. "Espera só você comer essa comida, você vai querer ir para a Grécia várias vezes", Sandra respondeu. Aos restaurantes no SoHo foram apenas algumas vezes: aquela confeitaria francesa — lembra-se da placa com fonte rebuscada: PÂTISSERIE VALERIE EST. 1926 —, muito frequentada pelos estudantes universitários (se contasse isso aos amigos brasileiros, eles dariam risada: eram *habitués* de boteco de mesa de plástico e cerveja de garrafa). Difícil era encontrar um restaurante de culinária nacional, ainda que a *culinária nacional* estivesse mais para a cozinha indiana, e havia restaurantes indianos em todos os lugares. Além do peixe com batata frita. B preferia cod a *hering*, e gostava de bastante vinagre, hábito adquirido com Martin, o que Sandra detestava. Ela sempre simulava ânsias de vômito dramáticas quando os amigos chegavam com os embrulhos recendendo azedo. Havia uma pizza baratíssima e gostosa numa esquina de Piccadilly Circus, aonde sempre ia com Martin: a fatia custava uma libra, e comiam com a mão, de pé mesmo, conversando com animação. Na cozinha da casa de Sandra, costumavam fazer algumas coisas que pareciam novidade: pão de centeio integral, salmão defumado, hadoque defumado, babaganoush (uma moça do violino havia ensinado a receita; era bastante antipática, mas fazia comidas divinas), coalhada seca, um pão sovado, fino, feito na frigideira, salada de agrião com bastante azeite e tomates desidratados no forno. Chá e os biscoitos fabulosos. Lá, B desenvolveu um gosto por doces do qual jamais conseguiu se desfazer. A coisa que mais amava era o bolo de cenoura, tão perfumado e diferente do bolo de cenoura com a calda de chocolate que endurecia depois de fria que sua mãe fazia em casa, mas ainda assim com uma carga de afeto. Martin e Sandra gostavam de ir a Chinatown, mas B não era muito fã de comida chinesa, então passava. Não lembrava se a febre do sushi e do sashimi já havia começado... se ela existia, nem chegava perto da moda absoluta que é hoje, espalhada por todos os lados. Relembrando todas essas coisas, B sente fome — é horário do café da manhã, mas poderia comer agora um prato de arroz com feijão com tranquilidade. Fome desorganizada, um efeito do fuso horário enlouquecido. No restaurante grego com Sandra, um homem barrigudo e de aparência feliz colocou um prato à sua frente. Carne de cordeiro, e algo que parecia um grande escondidinho. "Moussaka", ensinou Sandra. "Sim, professora", B disse, segurando o riso nas bochechas. Algo que se parecia com purê de batata, mas com queijo, berinjela temperada e muito espinafre. Era delicioso.

Nunca achou que a culinária grega poderia ser tão boa como a comida feita em casa. Sandra gostava de comer bem. Estava sempre comendo, sempre querendo experimentar tudo, sempre perguntando o que havia para o almoço, o que havia para comer com chá, para o jantar. Em duas coisas concordavam essencialmente a respeito da comida: o café da manhã inglês, com feijão, bacon, ovos e salsichas, era puro mau gosto, e o feijão enlatado no molho de tomate era uma decisão cultural aberrante. Sobre isso, Martin dizia que eles não entendiam nada. Nunca foram à Grécia juntos — o próprio B não esteve na Grécia até hoje. E isso era algo que costumava surgir nas discussões com Sandra; discussões de casal, se é que um dia foram namorados. Ele jamais conseguiu entender direito o status daquele relacionamento: algumas vezes dizia que Sandra era sua namorada; noutras, ela recusava um nome para além do companheirismo com liberdades. Sandra já dava seus sumiços antes de desaparecer por completo. Mas ela também reclamou algumas vezes que ele a estava deixando de lado — e, de fato, ele sabia, ficava tão imerso em suas coisas que se esquecia de Sandra. Nunca foi exclusividade dela: esquece-se, ainda, de buscar o terno na lavanderia, das chaves de casa, de buscar os filhos na escola, de comprar papel higiênico, pão, laranja, guardanapos. Isso deixa sua esposa enlouquecida — com toda a razão. Sandra dizia: "Você prometeu que organizaria a viagem para a Grécia, eu organizei sozinha a de Paris!". Era verdade. Mas não havia tempo, surgia um concerto, e estudo, recital, ópera, aquela história do Clube do Choro, festival, concurso, e todos os incentivos, tarefas e disciplinas na academia, e era preciso ajudar Mimi a fazer coisas. Nunca havia tempo. Mas ela, Sandra, dera um jeito de organizar a viagem, as passagens do *Eurostar* (que B achou bem menos claustrofóbico do que imaginava), e comprou os ingressos para o balé. Qual mesmo? Lembra-se do quarto pequenino que dividiram na casa da mãe de Sandra, moradora da periferia parisiense.

Como era bonita a mãe de Sandra. Fizera uns cafés da manhã tão deliciosos para eles. As manhãs eram quentes de arder. E como eles andaram! Paris era uma cidade bonita a ponto de ser perfeita, de parecer artificial, e havia uma chateação naquilo. Até hoje ele não gosta de ir à França, de tocar na França, não gosta nem mesmo dos violonistas franceses. É seu preconceito, claro. Quando vai a Paris, mesmo que existam todas as coisas interessantes, como os museus infinitos, vê-se caindo, ao fim, num mau-humor tremendo, e quer voltar para São Paulo o quanto antes. Paris é uma impostura, B conclui, secando as gotas de água da superfície do porta-retrato. Olhando em retrospecto, parecia que as coisas entre B e Sandra tinham começado a desandar justo naquela viagem, com pequenas brigas sobre o que era negociável e o que não era. Ele queria ir ao Louvre duas vezes, afinal nunca tinha estado lá. Apesar de tantas visitas ao British Museum, ali era diferente. O Louvre era *o grande museu*, o que continha a maior parte das pinturas que vira nos fascículos coloridos que seu pai comprava com os jornais de domingo — tudo aquilo era a mais brilhante raridade: cópias coloridas e luxuosas, feitas para causar a admiração da família brasileira comum, dando, pela primeira vez, um gosto de acesso e elitismo. Sandra jamais seria capaz de entender, porque nunca pertencera a uma família brasileira comum. Tinha ido ao Louvre sabia-se lá quantas vezes na vida. *As bodas de Canaã*, de Veronese; a *Vênus de Milo*; a *Vitória de Samotrácia*, *São Jerônimo no deserto* e aquela infinidade de obras de Da Vinci. B gastou tempo encarando o autorretrato de Albrecht Dürer aos vinte e dois anos, segurando uma flor, e seria para sempre obcecado pela autobiografia silenciosa que Dürer fizera de si mesmo, quadro a quadro, ao longo da vida. Em Viena, B viu seu desenho perfeito aos treze anos. O autorretrato feito aos vinte e seis ele viu no Museu do Prado, em Madri, e a pintura dos vinte e oito anos, a mais intensa de todas, em uma pinacoteca de Munique: as roupas escuras, uma pose imitando representações de Cristo. Com frequência voltava a vê-las, e algo naquelas pinturas lembrava Martin. Mas o quê? Não era a face fina de Dürer, porque o amigo tinha aquelas bochechas altas... era outra coisa. O cabelo claro, o verde dos olhos? O nariz grosseiro, as sobrancelhas? Ou apenas a impetuosidade, o porte? O rosto de Martin. Martin e B nunca estiveram juntos no Louvre. Em Paris, Sandra queria ver as amigas da escola, apresentá-las a B, visitar outras galerias de arte contemporânea. Por causa do tempo reduzido, ele sugeriu que os dois se separassem por algumas horas: ficaria no Louvre enquanto ela tomava café com as amigas. Sandra concordou, mas ao se reencontrarem ela não parecia muito bem. B jamais aprenderia francês, e dois dos amigos de Sandra falavam inglês — bem mal. Foram todos ao balé (era *O pássaro de fogo*? Não, não era, porém não consegue se lembrar), mas antes tomaram vinho em um bar com as amigas de Sandra — duas garotas arrogantes que não se privavam de debochar do deslumbramento de B com a França. Em algum momento, certamente cometeu alguma gafe, porque todos riram, e ele foi o único que ficou sério, perguntando o que era. Sandra o mandou calar a boca, irritada e constrangida. Ao fim da noite, já de volta em casa, Sandra fechou a cara. B perguntou o que era, ela disse que ele não se esforçou o bastante. Mas qual tipo de esforço ela esperava? B queria ir à Notre-Dame, à Sainte--Chapelle, à Ópera, e Sandra fazia com que ele andasse a esmo, por lugares que não se pareciam com a Paris de suas fantasias, embora ele amasse andar a pé na companhia dela. Mas lá... "Não estou aqui para ficar fazendo excursão de escola", Sandra disse em algum momento, sem nenhuma paciência. Quando finalmente se sentaram em um café, B escreveu não um, mas dois cartões-postais para enviar a Martin. Sandra achou um excesso. Sandra sumiu por causa de Martin? No Musée D'Orsay, enquanto Sandra e B admiravam as pinturas azuis de Van Gogh, tudo estava bem. Até que B se voltou para Sandra e notou seus olhos vazios. "Você enjoou de mim", ela disse, com a voz grave ainda mais grave. B, rindo, disse que ela estava se comportando como uma maluca, mas, assim que cruzaram o limite de sua boca, essas palavras pareceram frívolas, e ele pediu desculpas. Talvez fosse o efeito das pinturas de Van Gogh — nunca mais olharia para elas da mesma maneira. Essa frieza escalou devagar, durante um ano. Sandra foi ficando como morta. Na cama, estava como morta, e aquilo o deixava constrangido, como se ela não se importasse mais em se esforçar para qualquer coisa e quisesse que B terminasse tudo de uma vez. "O que você tem?", ele perguntava. Ela dizia que estava preocupada, que era o nervosismo do recital de fim do doutorado chegando. Mas B sabia que havia algo de errado. Chegou até a suspeitar de que Martin tivesse contado a ela, mas aquilo fora uma coisa à toa, ou assim B tentava — e ainda tenta — se convencer: de que fora uma coisa à toa. E, mais que tudo, não fazia sentido, porque Sandra queria se manter livre, sem as amarras de um relacionamento tradicional, e nisso havia um equilíbrio, mesmo quando falavam em sair daquelas casas compartilhadas para morar juntos. "Você é áspera", ele dizia. "Você é escorregadio", Sandra respondia. B contava a ela o que nunca contara a ninguém: que tinha um medo sincero da loucura, das drogas sintéticas que Arnau arrumava, que evitava beber demais porque na família havia uma sombra do alcoolismo desde que seu avô — o dos discos de ópera — morrera de cirrose. "Sempre que você diz *não quero soar arrogante, mas...* você soa arrogante", Sandra falava. Quando estavam tocando, ela dizia: "Você é o escafandrista. Você mergulha nas coisas e fica lá durante o tempo que seu oxigênio aguenta. Depois, você precisa sair do fundo da água, senão você morre". O que aquilo queria dizer? Quanto tempo depois dessa conversa Sandra sumiu? Hoje, sempre que vai com os filhos ao centro da cidade para passear e almoçar no Acrópolis (as imagens do mar azul transparente desbotadas pelo sol nas paredes branquíssimas do restaurante), sonha em levá-los um dia a Atenas, quem sabe até tocar lá. Já é certo que irá com eles aos The Proms em Londres, sim, quando ficarem um pouquinho mais velhos e mais capazes de suportar filas. A desatenção de B. Não podia dizer que não amava Sandra. Amava-a, admirava-a, queria tê-la junto de si. Baixinha, com uma bunda grande, deliciosamente carnuda, boa de pegar, passar a mão, apertar, morder. Sandra tinha aquela perfeição das coisas que são reais, que nos lembram de que a vida é real, palpável e feita de matéria, não só de pensamento. Quando sua mulher engravidou pela primeira vez, B compreendeu nos ossos que o sentido biológico é mesmo transmissível, uma continuidade em outro, um outro que nada tem a ver com suas aspirações, desejos ou com a própria ideia de sorte ou destino. Os problemas familiares anteriores, as violências que sofreu, eram a única ressalva ao seu desejo de ser pai. Uma vez, a tia bateu em sua mãe. Lembra-se de vê-la na cozinha, chorando, depois de voltar da casa da cunhada. Um saco de gelo na bochecha, o pescoço arranhado. Por que a tia havia feito isso? Lembra-se da mãe — sempre alegre, uma pessoa aberta ao diálogo — aos prantos, dizendo que nunca mais voltaria lá, que tinha medo daquela mulher. As aulas de piano de B já haviam acabado? Talvez não. Não era adolescente ainda. Então permitiram que ele continuasse indo lá, mesmo depois do hematoma que a tia havia deixado na bochecha de sua mãe? Quando ainda estudava piano, as unhas compridas de tocar violão incomodavam a tia: "Você escolhe, o piano ou o violão. Se ficar alternando entre os dois, não vai ter sucesso em nenhum. Para o piano, é preciso manter as unhas bem curtas!". Ela pegava o cortador e chegava a agarrar a mão de B com força, mas o garoto se desvencilhava, dizia que as cortaria quando chegasse em casa. Mas só as lixava, deixando-as tão curtas quanto possível, como aconselhava Tubarão. Cortar, nunca. As primas tinham unhas curtíssimas, de cutículas roídas. Isso enlouquecia a mãe delas, claro, que fazia questão de expor a todos a feiura constrangedora daquelas mãozinhas. Espalhava pimenta nos dedos das duas. Outro episódio, na Páscoa ou no Natal: a vez em que a tia bateu na filha mais nova simplesmente porque ela tinha pintado as unhas de vermelho. Deu um tapa na boca da garota na frente da família assim que a viu com as unhas pintadas, e mandou-a para o quarto com acetona e algodão. B sentia pena das primas. Queria que elas também fossem boas e amassem o piano como ele amava, queria companhia para ouvir música. Mas elas não tinham talento algum, sobretudo interesse algum. Cultivavam uma mediocridade alimentada por um medo constante. O instrumento não passava de tortura para elas. B, apesar de não ter um piano em casa, tinha o violão Giannini que o pai lhe dera, e isso bastara por um tempo. Até que finalmente ganhou seu primeiro instrumento de luthier: um violão Santoro em cedro, com o qual ganhou seu primeiro concurso. Depois juntou dinheiro e o vendeu para comprar um violão um pouco melhor, um Espósito, em cedro também, e mais tarde vendeu o Espósito e comprou um João Valente, aí sim em abeto. Cada vez que trocava de instrumento, Tubarão deixava que B tocasse por umas semanas para então suspirar e dizer, taxativo: "Você precisa de um violão melhor". Um dia, B chegou para fazer aula e o professor falou, com seu costumeiro tom pragmático: "Você já tem o seu violão Abreu encomendado". Era inacreditável. Tubarão tinha encomendado um violão de Sérgio Abreu para ele, depois de dois anos de espera e economias para tê-lo pronto. A mãe, o pai, ele mesmo, todos iam juntando os trocados para realizar aqueles investimentos, e ficavam sempre muito felizes quando chegava o violão novo. Sem apoio da família é impossível formar um músico, adverte hoje aos alunos. A tia fazia de tudo para que as filhas contraíssem ouvido absoluto — *contraíssem*, como se contrai uma doença. Talvez, mesmo sendo bastante católica, devota de São Judas Tadeu — o santo das causas impossíveis —, estivesse muito decepcionada com Deus, a ponto de prometer a alma ao Diabo para que uma das meninas tivesse uma reconhecida carreira internacional. Obrigava as filhas a ouvir e a tocar até que ficassem enjoadas. Uma tortura, todos os dias, a música! A música! As notas! "Prestem atenção, vocês não estão prestando atenção!" Se para elas a música podia ser detestável tantas vezes, na casa de B era apenas um trabalho de amor. Seu pai se sentia revigorado pela música, cheio de saúde. Ali, no banheiro do quarto de casal, B conclui que, ao contrário de quando era jovem, cada vez gosta mais do violão. Com o instrumento sente-se limpo, como se a vida estivesse se tornando muito melhor do que um dia esperou que fosse. Isso se reflete no seu humor: bastam três ou quatro dias sem tocar para se sentir distante de si mesmo, resmungão, batendo portas, xingando, muito diferente da sua tendência à gentileza. A mulher, quando percebe seu desequilíbrio, pega ela mesma o violão e diz: "Já chega! Você precisa ir lá no escritório estudar, porque ninguém te aguenta assim". B se tranca, toca por cinquenta minutos e fica bem de novo. Ainda tem de levar o porta-retrato para o escritório. Passa pelo quarto, segurando-se outra vez para não cobrir o pé da esposa. O dia ainda não amanheceu. Há apenas uma sombra de luz amarela e vermelha no céu azul-escuro, e o ar está frio. Sente-se tonto depois de tantas horas no avião. Precisa desfazer a mala, pôr as roupas sujas para lavar — ao menos dessa vez não teve a história do fraque. Sempre que possível, B evita tocar de fraque. Já percebeu que, quanto mais velho fica, mais as pessoas não se importam com a forma como ele está vestido para tocar. Seus alunos, ao contrário, estão sempre indo atrás de terno para fazer concurso. Talvez seu maior desejo para a música de concerto seja que o fraque se torne obsoleto. Seu traje preferido era a camisa preta de mangas compridas, combinada com calça preta. Quando estava todo de preto, viam-se apenas seu rosto branco e as mãos brancas, além do brilho do violão à frente. É isso que mais importa. Há uma coisa muito boa nessa construção: B sente que está levando ao palco apenas o que é necessário de si mesmo, cabeça e mãos. Não faz sentido que, no século XXI, em um país como o Brasil, as orquestras continuem investindo em fraques, vestidos compridos com ombros cobertos e sapatos de salto. B reconhece que é um desses músicos que fica bem de fraque, mas sempre há os que parecem amassados, saídos da boca da baleia de Jonas, o que acaba com a harmonia e com a classe pretendida no palco. Há cinquenta anos, músicos já se posicionavam contra isso. John Williams, décadas antes, se recusava a se enfiar em um fraque. O que deu errado? B acredita na uniformidade de uma orquestra — todos realmente precisam estar tão idênticos quanto possível em cima do palco, porque são uma coisa só. Usar preto, decerto, era muito mais eficiente, mas deixava tudo triste. Então, o que fazer? Nada de gravatas, nada de abotoar-se até o fim, para não sentir o colarinho apertando o pescoço que não para de engrossar. Ele sempre soube que havia uma elegância em ser simples. Mas era uma luta, por menor que parecesse. Sandra dizia que o cerne das coisas estava nesse simbólico, e ela também não gostava dos fraques. Entrando no escritório, devolve a foto tirada por Sandra à estante. Uma poeirinha de nada indica o lugar de onde foi removida. A esposa tem obsessão pelas fotografias, gosta de porta-retrato, de espalhá-los pela casa toda. Onde há uma estante, coloca um porta-retrato. Salva fotografias em pen drives para imprimir, procura registrar as crianças em datas especiais. O porta-retrato que fora esquecido no banheiro fica ao lado de uma foto de B aos dezessete anos, posando com Tubarão. Nela, B usa uma camisa preta enfiada para dentro da calça jeans, presa por um cinto de couro que parece grosso demais. Tão alto e magro. Na mão esquerda, o violão João Valente — ainda estava em vias de receber o seu Abreu. Tubarão, um homem grandalhão e gorducho, mas não comprido como B, está com a camisa meio aberta. O professor aprovava que B aprendesse mais de um instrumento, achava-o jovem para se decidir, e quanto mais experiência nessa idade, melhor: assim se tornaria um profissional versátil. Era uma pena, Tubarão dizia, que o conservatório municipal não existisse mais. A casa onde havia funcionado estava abandonada, com vidraças quebradas e mato crescendo desregrado. Quando volta à sua cidade, B sempre faz questão de passar pela rua do antigo conservatório: construíram, em seu lugar, um prédio residencial de três andares. Pensava ainda criança que poderia se tornar um verdadeiro músico se tivesse um lugar decente onde estudar, sem ser na casa dos professores. Por melhor que fosse Tubarão, B se sentia sozinho. Naquele homem habitava um espírito tão diferente de todos! O professor começou insistindo na posição das mãos. Não adiantava estudar se a posição das mãos estivesse errada. O jovem se matava de tocar, e Tubarão dizia, laconicamente, ao fim de uma peça: "Sua mão direita está torta". "Mas o senhor não acha que eu toquei bem?" "Não interessa se você tocou bem ou mal, sua mão está torta." Que diabo de mão torta era aquela? Demorou a compreender, enfrentando os exercícios que o professor passava. "Você precisa construir uma técnica duradoura, como a técnica do Segovia: até os setenta, oitenta, quem sabe os noventa anos, você vai estar lá, e sua técnica não vai te abandonar. Não quero que você toque rápido assim. Quero que você toque com a mão mais em pé, de forma que os dedos entrem no violão, para que você não tenha que fazer esforço demais. Olhe para a sua mão." Ao ver um menino de dezessete anos com desejo de virtuose tocando com a mão torta, B diz "Olhe pra sua mão", e ouve na própria voz macia o tom grave de Tubarão. Ter som é ter a mão no lugar. As pessoas continuam umas nas outras. B se lembra de um vídeo em que Julian Bream falava sobre os problemas técnicos que enfrentou por tocar violão de forma equivocada. "Desafortunadamente, o Senhor Todo-Poderoso me deixou largado, com mãos atrapalhadas e lentas, que a certa altura me fizeram desejar interromper a minha carreira por causa de uma eventual paralisia que acometia minha mão esquerda." Bream dizia que era grato por ter encontrado um professor que evitou aquilo. Sempre que B entrava na sala, Tubarão olhava para ele e dizia: "Parece que você cresceu mais da semana passada para esta. Quanto você está medindo?". Hoje, mais velho, está certo de que está diminuindo, mas não tem coragem de se medir. "Precisa puxar o polegar para fora; você não vai conseguir tocar com o polegar para dentro", dizia Tubarão. "Todo mundo que é muito alto vai ter problema por tocar violão, vai ficar meio encurvado. Sua mão está ficando muito grande, e é realmente muito trabalhoso fazer sua mão caber nesse instrumento." Carl, o professor da academia, dizia sempre às gargalhadas: "Tenho pavor da postura que eu tinha quando era jovem! Se vejo as fotos, fico com vontade de chorar. Cuidem da postura de vocês se vocês não quiserem passar vergonha". *Passar vergonha*. Era sobre isso? Há uma fotografia de B com Carl logo ali, na estante do escritório: um homem baixinho, com seu sorrisão de dentes incertos. Era outro tipo de professor: mais frio, mas não menos excelente; uma amorosidade com distância, sem intimidade, mas real. No entanto, B sentia alguma desconfiança em relação a ele, como se o professor escondesse um segredo horrível que não pudesse ser revelado aos alunos — nos olhos tristes, na maneira como ele estava sempre muito concentrado na música. Seus óculos, de aro escuro e lentes grossas, lembravam um pouco os que Segovia usava. Certa vez Tubarão recomendou que B comprasse uma gravação de Segovia, e o garoto desceu a pé até a galeria no centro da cidade, direto até a loja de discos. Como não havia nada de Segovia ali e ele tinha dinheiro para comprar algo naquele dia, não quis voltar para casa de mãos vazias. Deparou com outro disco, recomendado pelo vendedor: *Os violões de Sérgio e Eduardo Abreu*. O rosto dos dois jovens, suas poses quase idênticas, seus ternos escuros, com gravata preta, a promessa do vendedor de que era algo excepcional. Levou para casa e... como se sentir em relação a tudo aquilo? Uma sensação imensa de gratidão por estar vivo, por ter ouvidos e ser capaz de escutar, por ter vivido no mesmo século que aqueles músicos, pelas maneiras que os seres humanos inventaram de gravar o som. A sensação era milagrosa, apesar de desoladora. Por dias, a única coisa que conseguia fazer com total atenção era escutar o disco dos irmãos Abreu. Quando não estava ouvindo, estava pensando nele ou fazendo um esforço ativo para *não* pensar nele. Repassava música a música de memória. Tudo era frustrante. Ao se sentar para estudar violão, de repente deparou com a própria mediocridade nua, como jamais a tinha percebido. Nunca conseguiria fazer uma coisa daquelas, nunca conseguiria a perfeição dos irmãos Abreu, portanto era melhor desistir. Foi para cama chorando — um pranto silencioso, que conseguiu esconder da família. No dia seguinte, acordou se sentindo forte: era preciso *se espelhar* naquela grandeza, provocar aquela grandeza em si, e não apenas se curvar diante dela. Beber dela. Na aula semanal com Tubarão, o professor percebeu-o perturbado. E riu. "Você não é o primeiro a ficar assim ouvindo a música deles", Tubarão disse, "e, ainda bem, não será o último. Além de tudo, você ainda vai se surpreender muito com a música que há nesse mundo". Ainda hoje, quando revê as filmagens dos jovens irmãos Abreu, fica impressionado com a imobilidade dos corpos, a maneira como eles quase não se olhavam, a economia perfeita dos movimentos. B era totalmente o oposto daquela leveza: mais explosivo, mais pesado, menos estoico para tocar. Ao assistir aos seus vídeos tocando, sempre acha que o violão fica muito pequeno perto do seu corpo, a ponto de parecer um pouco ridículo. Um gigante com um instrumento de brinquedo. A precisão dos irmãos Abreu não parecia robótica, estava longe disso: era imaterial, como se fosse uma invenção. Mas B nunca teria a oportunidade de vê-los tocando de perto: o duo se dissolveu em 1975, e Eduardo Abreu abandonou a carreira musical. Sérgio seguiria sozinho até 1981, ano em que deixou os palcos e se tornou definitivamente um luthier. A esposa diz que B costuma *suavizar* a voz ao falar de Sérgio Abreu, e um amigo violonista acha que o Sérgio Abreu não existe, mas se materializa quando alguém precisa dele e se dissolve no ar depois que resolve a questão que precisa ser resolvida. De fato, várias vezes B teve a impressão de que Sérgio e Eduardo Abreu nem sequer existiram. Inclusive, a única prova que havia da existência de Eduardo Abreu como violonista são as gravações que ele deixou com o irmão. B teve fases em que obsessivamente assistia e reassistia a entrevistas com Sérgio Abreu. Em uma delas, o luthier dizia: "Um dos mil oitocentos e cinquenta motivos de eu ter desistido de tocar era justamente ter que ficar dando entrevista toda hora, e eu não aguentava isso! Se a entrevista era de manhã, então, piorava muito!". Nessas conversas, Sérgio em geral responde todas as perguntas com uma concisão que poderia soar indelicada a um desavisado. Sua mãe tocava piano? *Sim.* Você estudou com Monina Távora? *Sim.* Como foi? *Foi bom.* E só então contava um caso. B não se incomodava com isso, em falar sobre sua carreira, ao contrário: acreditava que compartilhar informações era algo importantíssimo para a comunidade artística. Aquela história de carreira de solista realmente não fazia sentido a alguém com uma personalidade como a de Sérgio. Uma figura de concisão absoluta, pensa B, ainda examinando os porta-retratos do escritório, uma concisão no modo de vestir, falar e existir. Tudo era simples, de uma forma que ele jamais chegaria a compreender. Por que não tinha fotos suas com Sérgio ali? Perscrutou as fotografias. Havia uma: Sérgio ao lado de B, que carregava o filho, ainda um bebezinho, encaixado em seu quadril — vê a si mesmo numa posição suavemente feminina, e isso o deixa um pouco envergonhado, como se tivesse sido pego em um gesto proibido. A mulher de B não deixaria aquela casa sem uma fotografia de Sérgio Abreu, uma figura tão importante para o marido. Para sempre, Sérgio seria um dos únicos homens do mundo cuja presença ainda lhe causaria desassossego, quase um constrangimento infantil. Mesmo que hoje os dois trocassem muitos e-mails e materiais violonísticos, mesmo que B o visitasse uma vez por ano no Rio de Janeiro, mesmo que tomassem vinho juntos, ainda sentiria por ele aquela primeira deferência que experimentou ao ouvir aquele disco. Comprado com o dinheiro da mesada, era seu, ao contrário dos que a tia trancava à chave. Ela era a filha musicista de verdade. Não uma seresteira, como o irmão e a cunhada eram. O avô tinha deixado os discos *para ela* e mais ninguém. B não podia ser o neto músico, mas suas filhas. Na verdade, aquela mulher só estudara no conservatório e pronto, nunca tinha posto um pé fora da cidade, nunca tinha estado em um palco de qualquer teatro. Seu maior triunfo era tocar os concertos de Natal na igreja, sempre uma música recatada, doce demais, burocrática, sem paladar. Aos dezesseis anos, B já tinha conquistado mais do que ela conquistara em toda a vida. Nem quando B passou a estudar em São Paulo a tia deixou de tratá-lo como uma criança, nas raríssimas vezes em que se viram. O sobrinho não podia ser genial. A tia atrapalhou? O riso dela era dolorido, e era dolorido rir com ela, como se ele tivesse que sorrir sob cócegas constantes para agradá-la. O rosto chegava a formigar. B pensa hoje que teve oportunidades que a tia jamais tivera, afinal havia nascido homem e em outros tempos. A tia sentia inveja dele, aquele pirralho? Como a inveja que B tinha da desenvoltura e da inteligência imediata de Sandra, sua destreza? Não. Ele invejava Sandra com admiração. A inveja da tia era podre. Uma vez, caminhando rápido, Sandra reclamou que ele estava calado: "Você fica aí, todo perdidinho em pensamentos". Sentia-se às vezes inábil, por mais que fosse tão amado e querido por aquela jovem genial. O inegociável vai mudando ao longo dos anos. O que antes era aceito com tranquilidade depois se torna impossível. Bater em crianças, xingá-las, chamá-

-las de burras, puxar a orelha, pedir que fossem à esquina comprar bebida ou cigarros no meio da noite — não se imaginava fazendo nada disso com seus filhos. Aliás, eram pensamentos que lhe reviravam as entranhas. Não. As crianças devem ser tratadas com delicadeza. Estudando música, os irmãos Abreu foram tratados com delicadeza? Onde estaria o disco do Duo Abreu, comprado há tanto tempo? No meio da grande estante da sala? Já é hora de mostrar aquela perfeição aos filhos, ou deixaria para depois? Se fizesse muita cerimônia, eles poderiam perder o interesse, como sempre fazem quando B faz cerimônia demais. Teria de mostrar como se não fosse nada e deixar que eles tirassem as próprias conclusões. Precisa confiar no gosto deles, por mais que seja um gosto *desinformado*, um gosto *instintivo*. Aquele disco era algo tão superior a tudo o que ele já tinha escutado, mas ao mesmo tempo era simples, uma simplicidade que esconde um grande trabalho. Estabeleceu ali, nos irmãos Abreu, um parâmetro, para julgar outros violonistas e a si mesmo. Sandra puxou B pelo cotovelo e apontou para uma janelinha. "Kebab", ela disse, "você falou que estava com fome, esse vai ser um dos melhores kebabs que você vai comer na vida. Qual é o plural de kebab? 'Kebabs' mesmo?", ela riu. Sandra, a hiperbólica. Todo kebab era o melhor kebab. A carne suculenta dependurada em um espeto gigante, que aqueles homens cortavam em fatias finíssimas. Sentaram-se em um banco da calçada logo em frente. Sandra tinha enchido seu kebab de pimenta e ficou com molho no lábio superior depois da primeira mordida. A boquinha... B se inclinou para beijá-la. Era o primeiro beijo que trocavam naquela tarde em que a foto à porta da casa de Mimi fora tirada. Sandra sorriu, quase convencendo uma timidez, depois levantou o rosto e se beijaram de novo. Quanta coragem B tivera de reunir para aquele gesto. Ele sabia que beijar Sandra era fazer o corpo embolar e não parar mais. Podia dizer para voltarem para a casa de Mimi, para subirem ao seu quarto, à cama de solteiro que rangia demais.

Mas tinham uma festa para ir... Que diabo de festa era aquela? Não consegue mais lembrar. As festas que Sandra inventava eram muito boas, e eram muitas. Festas na casa dela, na casa dos outros. Como eles davam conta? Outros tempos, outra idade, outra energia. E mais: Sandra não tinha — nem nunca teve — o espírito de uma *solista*. Com o perfil e a cara de uma flautista de orquestra, era enfadonho vê-la na academia questionando certas coisas, pedindo mais práticas de grupo, música de câmara, composições contemporâneas. Às vezes B achava que ela implicava por implicar. Vê-la comendo era um espetáculo: comia com tanto gosto que a própria comida parecia ficar mais saborosa. "Se você não quiser, não precisa ir", ela disse. B respondeu que sim, talvez ainda sem muita energia, e perguntou quem estaria lá, então Sandra destilou uma lista de nomes conhecidos e desconhecidos. Sua panelinha estava cada vez maior. Martin morria de rir dessa palavra. Pedia que B dissesse "panelinha", e gargalhava. A graça era fonética, provavelmente. Martin sempre repetia palavras aleatórias em português, fora de contexto, porque as achava engraçadas: "moqueca", "biscoito", "merda" (puxando ora o R do sotaque carioca de Sandra, ora o R do sotaque mineiro de B), "fiquei de bode", "gostosinho", "chato", "tá bom". Para Martin, todas as palavras do português soavam moles e charmosas. Todo mundo só aprendia o básico das línguas alheias: cumprimentar, agradecer e dizer uns palavrões, mais que isso não dava. Um instrumento para estudar em profundidade no meio de todo aquele falatório. Quando terminaram de comer, B esticou o braço para Sandra e foram andando de mãos dadas até a estação de metrô. O cheiro no ar era de lápis apontado. No futuro, sempre que apontasse um lápis, se lembraria da Inglaterra. B costumava falar sobre aquele cheiro onipresente no ar de várias cidades inglesas, tentava mostrá-lo a Sandra, a outros amigos, mas todos achavam que ele estava louco. Era possível que existisse uma ilusão olfativa? E a festa, onde seria? *City*, a resposta. Na cidade. O espaço é um problema para B. Seu aspecto de domínio é muito mais o tempo do que o espaço. Detestava como as pessoas se referiam com tanta naturalidade à *city* quando diziam que algo ficava naquele centro, onde coisas novíssimas se acumulavam sobre coisas velhíssimas. Para entender, B pensava nas pontes: algo entre a ponte de Waterloo e a ponte de Londres. Mais ou menos. Está correto? Não sabe. Quando volta a Londres, sente que é como se alguém tivesse colocado regiões da cidade dentro de um saco de papel, chacoalhado, e redistribuído os elementos aleatoriamente. Para não se perder, precisava pensar no Tâmisa — seria perfeito se o rio não tivesse dois lados. E nos parques. E nos nomes das estações de metrô, mas sempre surgiam novas linhas, novas paradas. Por mais que a cidade fosse toda diferente de si mesma, era difícil decorar. Quando Sandra e B desceram as escadas da estação, tudo estava calmo. Enquanto esperavam o metrô, Sandra olhava de tempos em tempos a hora no reloginho de pulso dourado e ajeitava a touca de lã bordô sobre as orelhas. Não, não era assim: eles já tinham ido de metrô e comido o kebab lá, claro, não havia kebab em Wood Green. Ou havia? Estava de mãos dadas no metrô com Sandra. Quantas vezes andou de mãos dadas no metrô com Sandra? Depois disso, sua lembrança era um branco. Estando ao lado de Sandra, já sabia que o mundo pertencia a ela, mas a moça não parecia ter essa consciência ainda, de que poderia ir aonde quisesse. Onde estaria Sandra?, B se pergunta, de pé no escritório. Quando volta de viagens longas, ele sente que poderia ficar o dia todo dentro do apartamento, mas é preciso passear com a cachorra. Onde ela está? Basta uma pessoa acordar e ela, com seu ouvido canino, vem atrás, querendo sair. Não está cedo demais? Londres, logo aquela cidade, que sofreu o mal da peste, as grandes guerras pelo imperialismo de poucos, os motins. Naquela caminhada com Sandra, B perguntou se ela achava que as cidades faziam algum sentido. "Do que você está falando?", ela perguntou. O trem parou na plataforma. "As cidades não fazem nenhum sentido." "Que assunto é esse?", interpelou Sandra, um pouco ríspida. Talvez porque estivesse contando as estações da Piccadilly Line e não tivesse ouvido o que ele estava dizendo. Naquela época, B já tinha percebido que, se fosse um pouco menos crítico, seria mais feliz, até mesmo mais realizado. Sandra, a crítica, estava sempre se despedaçando por dentro, varada por qualquer coisa. Ao mesmo tempo, ela o fazia entender que ser latino (em contraponto ao que chamavam ridiculamente de *velho mundo*) era manter o equilíbrio de resposta emocional, um contrapeso do pensamento europeu, uma crítica por si só. Rir dos louros. Até hoje B pensa assim: se um dos seus alunos brasileiros ou latino-americanos lhe dissesse que tinha visto Nossa Senhora, B perguntaria, curioso, como havia se dado a experiência. Mas se algum jovem inglês lhe dissesse que havia visto Nossa Senhora, B se preocuparia com a sanidade do infeliz, sendo capaz de marcar para ele uma consulta psiquiátrica. Claramente, era uma questão de ponto de vista, de repertório, de criação, de referências culturais, sobretudo uma questão de imaginário. Por isso B voltou? A superficialidade das pessoas, a incapacidade de compreender o que ele estava dizendo, a falta de resposta para as suas perguntas, tudo era tão cansativo. Talvez por isso não andasse o tempo todo com os colegas violonistas, talvez por isso inventasse de fazer milhões de outras coisas, de forma que — talvez até por acidente — acabou se formando na academia com um diploma especial, que pouquíssimos outros violonistas tinham conseguido tirar. Hoje, pensa em seu diploma especial e o acha um pouco ridículo. Aquela mania de correr atrás de prêmios, quando na verdade os concursos eram a coisa menos empolgante da época, até mesmo se ele vencia. A grana, claro, era excelente. Um alívio. Junto disso, benefícios: uma tranquilidade financeira, trocar as cordas do violão toda semana. Mas sempre ficava um gosto vazio depois do reconhecimento.

B via-se como o membro desgarrado do bando, e Carl inclusive o tratava assim — chegou a perguntar, certa vez, se ele não preferiria outra relação com a música que não fosse a de instrumentista. Os colegas violonistas tendiam a falar *apenas* de violão (assim também era quando ele estava estudando no Brasil), e nos momentos em que não falavam de violão, tagarelavam groselhas. O discurso predatório e tedioso sobre as mulheres, as fofocas, o futebol, a disputa pela disputa. Antes de conhecer Martin, havia encarado a solidão e a incapacidade de conversar sem analisar ou se ofender, entregando-se às palavras como se fossem apenas palavras. Pensando em retrospecto, entende que essa ubiquidade era um dos motivos que levavam a tia a detestá-lo. Apesar de ser bom, B ainda era selvagem demais para o piano, e ela estava simplesmente tentando ajudar, enquanto ele, o insolentezinho, desprezava os métodos estabelecidos, criados por excelentes professores, profissionais respeitados, recusava as repetições, resistia aos exercícios e à técnica. A tia dizia que ele tinha de se ater a uma metodologia se quisesse de fato aprender, mas em vez de escutá-la o menino ficava tentando tirar de ouvido o que lhe apetecia. Tocava uma coisa por dois dias e já queria partir para a próxima. Talvez por parecer fácil, o piano ficava tedioso depressa. E talvez por ser difícil, o violão tinha o atrativo de um desafio. No privado, os pais de B não se cansavam de criticar a tia: a prisão na qual criava as filhas, a maneira como trabalhava, o relacionamento com o marido, a religiosidade supersticiosa. Aos fins de semana, mesmo a contragosto, almoçavam em sua casa, que um dia fora dos avós de B. Eram almoços insuportáveis, que só se tornavam um pouco prazerosos quando a tia desamarrava a cara e deixava que o sobrinho abrisse o armário de discos, ou lhe dava a chave para abrir o tampo do piano e mostrar o que tinha aprendido. B só começou a achar graça da situação depois que compreendeu a diferença entre a tia e Tubarão: ao passo que ela era cheia de frescuras por fora e, por dentro, puro ressentimento, ele parecia um pedaço de minério recheado de açúcar. O professor sabia a hora exata de apertar e de soltar, dando o caminho e freando com jeito quando B, um garoto sempre disciplinado (mais que isso: um garoto *obsessivo*), queria avançar demais. Foi Tubarão quem primeiro desfez em sua cabeça o *mito do gênio*, revelando que em geral os músicos bem-sucedidos não passam de uma mistura de estímulo e persistência. Para ele, a chamada *aptidão natural* era apenas uma soma de estrutura familiar, interesse, capacidade de escuta e constância. Quando, aos treze anos, B caiu de amores por uma garota da escola, Tubarão percebeu. "Você está apaixonado", ele disse, "e pela primeira vez, não é? Se você for um homem de sorte, ainda vai se apaixonar muitas vezes. Você está feliz por estar vivo, eu entendo." Alertava: "Cuidado para não ficar burro! O problema dos instrumentistas é que eles vão ficando burros, viram esses operários de máquinas! Você precisa aprender direito as coisas da escola"; "Seu maior perigo é o tédio. Se você fica entediado, você se enrosca, menino. Não se deixe aborrecer: tudo é novidade dependendo do ângulo pelo qual você encara as coisas". Até hoje, quando uma música deixa de surpreendê-lo, B se lembra de Tubarão. Toda vez que vê um diapasão, B recorda o professor, que sempre cobrava que tocasse afinado e mesmo assim fazia piada: "Dizem que o violonista passa dois terços do tempo tentando afinar o violão e um terço do tempo tocando desafinado. É natural, é um instrumento menos estável. Então, eu te daria o seguinte conselho para a vida, principalmente para quando você estiver tocando concerto: tem que lembrar que a plateia não pagou para te ouvir afinar! Então afina baixo, aqui, ó, afina baixinho, só você escuta". Chamava Bach de "o danado do alemão". Parado em pé no escritório, B sente um cansaço repentino. Bom, tentaria dormir um pouco mais, caso a mulher não estivesse atravessada na diagonal da cama. Talvez um cochilo no sofá, antes de sair com a cachorra. Mas não pode mentir para si mesmo: nem se tentasse, não conseguiria dormir, e passaria o dia todo sofrendo com isso, muito sono e a incapacidade de tirar um cochilo satisfatório. É melhor se ocupar e tombar morto de cansado às nove da noite. E a cachorra, onde está? B se senta na cadeira do escritório. Como Tubarão, foi aprendendo a ser um pouco mais expansivo, a usar a ironia, a fingir que estava fazendo pouco caso, mas Sandra parecia perceber que tudo aquilo não era natural. Ela acusava: "Não tente se esconder de mim, eu sei que você está com medo de subir no palco, e seu pinto não vai cair se você admitir isso", fazendo com que ele risse. Tornara-se bom em fingir que não estava insatisfeito, despreparado, entediado ou com medo, em criar aquela figura de homem destemido, pronto para qualquer coisa, incapaz de dizer não a convites, amplamente generoso. Desde muito cedo tinha compreendido que música, para além da paixão, era um trabalho, e para isso precisou criar muitas cascas. Não podia ter vergonha ou medo de trabalhar, como certos colegas que, por considerarem a música um bem tão intocável, preferiam passar a noite servindo mesas em um restaurante a tocar em um casamento. Mesmo que B não se sentisse totalmente pronto, Tubarão o provocava: música estudada, tinha de se apresentar a quem quer que fosse. O professor usava o exemplo dos violonistas de flamenco: "A gente que vai tocar violão clássico, a gente senta, e esquenta, e fica reclamando... o pessoal do flamenco, não: eles põem o violão aqui e saem tocando, dá tudo certo, é uma beleza. Eles têm uma alegria de tocar que nós não temos. A gente fica com medo, tenso, ah, vai errar, ah, vai falar mal de mim, vai isso, vai aquilo, meu som isso, meu som aquilo. Na hora de tocar a gente tem que esquecer tudo. Saiu? Saiu. Não saiu? Não saiu". A bem da verdade, B não se sentia útil para fazer qualquer coisa que não fosse música, então era música que tinha de fazer. Tornar-se valente por necessidade. E, por fim, tocar no silêncio da sala de concertos foi mais fácil: a acústica, a atenção, o clima, a receptividade, a luz correta, a boa escuta. Uma pessoa toca para mostrar aos outros, então é preciso tocar *para* os outros — por mais que se entendesse que era um processo contínuo de estudo, acima de tudo. Tinha de ser sempre compartilhado; do contrário, qual era o valor daquilo? Depois da morte do pai, a situação financeira acabou apertando muito, e B dava trinta horas de aula por semana na extensão da universidade, regia coral, tocava em casamentos. Continuaria trabalhando com coral mesmo depois de abandonar o curso de regência em detrimento do violão, sempre achou emocionante. Nunca mais dormiu como dormia naquela época: sem ansiedade, cada hora era uma hora de trabalho, mesmo no barulho e na bagunça da moradia universitária. No entanto, sabe que perdeu ali algo da alegria juvenil que tinha antes. O moedor de carne dos concursos, que ele habitou de forma errática, foi cheio de segundos lugares. Ainda é o violonista brasileiro que mais acumulou segundos lugares em concursos, e isso dizia algo a respeito de si mesmo, algo que, ele se convencia, parecia mais cativante que a perfeição de um primeiro lugar: o quase lá, o feliz e valente. Convencia-se, sem muita segurança, de que a competição era apenas a consequência natural de uma carreira, afinal tinha nascido em uma cidade que, apesar de provinciana, tivera uma cena musical forte antes do seu nascimento — só de haver a professora de música na escola, Tubarão, sua tia, seus pais e suas serestas, tudo aquilo já era um privilégio. Por isso, foi um choque muito grande se mudar daquele espaço doméstico e gentil diretamente para a maior cidade do país. Percebeu depressa que nem todo mundo tinha aquele tipo de senso comunitário ao qual estava acostumado, e imperava uma concorrência bestial que era, a seu ver, sobretudo improdutiva. Tentando esvaziar a cabeça dessa memória, B caminha até a área de serviço para procurar a cachorra. Quando entrou na universidade, talvez tenha se frustrado porque tinha a expectativa de que grandes coisas aconteceriam, afinal, sua primeira escolha não foi o violão, mas a regência, uma opção na qual estava implícita a chefia. Ser regente, ser importante, ser grande. Ter um coro diante de si. Ter uma orquestra diante de si. Pensar na história dos homens é pensar no egoísmo: gera ainda certo desconforto lembrar a cena de *Ensaio de orquestra* em que o maestro é trocado por um metrônomo gigante. O ser humano mais aplaudido que o todo da orquestra, a maior fotografia no programa de concertos? Os buquês de flores? Louros, mas também fardos, claro: se algo dá errado, a culpa é do regente, como acontece com os comandantes de Exército. O primeiro a ser decapitado, mas apenas na teoria. B continuava estudando violão todo dia, e muitos diziam que a regência era um caminho incomum para os violonistas, que em geral iam para o curso de composição. Tinha de voltar a estudar piano, claro, e talvez conhecer com mais intimidade outros instrumentos, tanto que no primeiro ano teria duas disciplinas obrigatórias, uma em cada semestre: *Piano complementar I* e *Piano complementar II*. Ser, antes de tudo, um músico completo, e não apenas um instrumentista. Afinal, o violão não foi uma escolha, mas uma oportunidade, e algumas oportunidades soam como erros de percurso. A coisa que mais o emocionava e emociona até hoje é a voz humana. Viu suas primeiras óperas nessa época, no Theatro Municipal, enquanto lia Machado de Assis e suas descrições operísticas, o que aumentava o esplendor dos acontecimentos. Ainda ama ópera, mas os filhos e a esposa detestam, então B precisa escutar com fones de ouvido, como se fosse uma comida de sabor exótico que ele é obrigado a cozinhar só para um. Tem amigos e amigas com quem vai ver óperas, e sempre que se vê sozinho em um país estrangeiro e há uma ópera em exibição, ele não pensa duas vezes antes de comprar uma entrada. Se, na cidade natal, B já desconfiava do livre-arbítrio bíblico, ou da ideia de que um homem é capaz de compreender e escolher seu próprio destino, em São Paulo a desconfiança se tornou uma certeza. O imprevisto, o acaso. O talento, um dom ou uma danação sem origem definida. A delicadeza, as exigências da delicadeza... A música foi mesmo o único trabalho possível. Era o que ele sabia fazer, e às vezes sente-se um inútil por lidar com tanta inteligência com coisas *práticas*: contas, imposto de renda, reunião de condomínio. Seu pai morreu sem entender o que era aquilo que B estava fazendo, sem ver que o filho tinha sido o vencedor de um grande concurso internacional, que tinha assinado um contrato para gravar a integral de Villa-Lobos para violão solo, que tinha rodado o país ainda aos vinte e poucos anos fazendo concertos. Nem sequer viu o filho ser aprovado na faculdade. Ali, os professores, quase todos homens, obedeciam a modelos europeus, eram pouco inventivos e superficialmente exigentes, e isso, para um rapaz ambicioso como B, um rapaz faminto, era pouco. Apenas com a professora Graça obteve o que procurava, sem saber com precisão o que estava buscando. Ele não seria quem é hoje sem aquela formação: lia e anotava tudo o que podia, ia atrás das coisas na biblioteca, tragado pela curiosidade, perdido entre estantes. Então, começou a ter aulas com Eduardo Fontana, o professor de regência. Apesar de tudo o que aconteceria em seguida, eram aulas espetaculares, saía delas com os ânimos completamente à flor da pele. Fontana foi um desses professores que não tinham medo de sacudir e revirar os alunos, tirá-los de uma mornidão intelectual que B não suportava. B pensava querer drama, tragédia, júbilo, catástrofe, graça, gozo; era justo isso que esse professor oferecia a ele às segundas e quartas pela manhã. O luxo dos luxos. Tratava os alunos não só como alunos, mas como companheiros. Acompanhava-os em concertos, tomava cerveja com eles, emprestava discos, indicava livros, contava histórias — muitas vezes confidenciais. Estavam sempre reunidos em círculo, como se fizessem parte de uma sociedade secreta reservada apenas aos escolhidos. Fontana, naquela época, tinha por volta de quarenta anos, o que fazia dele ainda um jovem. Era um homem tão alto quanto B, vigoroso, de cabelos compridos, pensamento veloz, fala rápida e ácida, com uns olhos claros que pareciam querer atravessar os alunos, deixando B inquieto e desconcertado. Mas era mesmo esse o sentimento? O desconcerto? Havia algo a mais. Fontana parecia, na verdade, sempre tão distante e inalcançável àqueles garotos magrelos, precipitados, sem qualquer tônus que não fosse o da juventude, que entravam na universidade depois de estudar música em conservatórios do interior de algum estado ou em casas de tomar aulas particulares com professores, egressos do curso de engenharia ou de comunicação, contavam moedas e dividiam apartamentos, e eram evangélicos ou haviam aprendido a tocar na igreja. Fontana dizia querer exorcizar a burrice da pureza que seus alunos carregavam. Um ou outro estudante crescera em São Paulo e era de classe mais alta, mas ainda assim eram poucos: quem tinha dinheiro de verdade e queria ser regente ia estudar fora. Os regentes de maior prestígio vinham de famílias de músicos célebres ou de famílias endinheiradas, e muitos deles nem sequer voltavam ao Brasil depois de colocar o pé em um aeroporto. Saindo do ambiente confortável das escolas domésticas, o desmame vinha depressa, B recorda enquanto procura a cachorra pelo apartamento, agora assoviando baixinho por ela. Começou a deixar o cabelo crescer por causa de Fontana: queria ser como ele, usar as mesmas roupas, falar as mesmas palavras, ler os mesmos livros, saber as mesmas coisas. Tudo pareceu correr bem no primeiro semestre de regência, mas no segundo... o que, afinal, deu errado? Sempre que pensava nisso, conseguia adicionar um acontecimento à trama, e ela se tornava mais difícil de compreender. B tinha seus planos com o violão muito claros: aprendia, desde as aulas com Tubarão, um concerto para violão e orquestra por ano. O *Diálogo para violão e cordas*, de Mahle, depois Villa-Lobos, depois *Fantasia para um fidalgo*, depois *Concerto do sul*, depois, depois,

depois. Ir em frente. Quando o novo repertório chegava, impresso em folhas brancas, com o calor recente da máquina de xerox e o cheiro da tinta, era um prazer brevíssimo: rapidamente ia se tornar banal. Até que B se acostumava, e logo fazia bonito. Apreciava, continuava tirando novidades da música. Até hoje, sabe que deixa de gostar de uma música quando ela para de surpreendê-lo: aí é o momento de libertá-la, mudar o repertório, buscar algo diferente. Um dia, no meio de uma aula, Fontana pediu a B que desse um pulo do lado de fora do *Campus* para comprar cigarros. Devia ser um cigarro difícil de encontrar, porque B só conseguiu na terceira padaria que visitou. Não se recorda da marca, e a simples lembrança do tanto que as pessoas fumavam naquela época lhe é estranha. Surpreende até mesmo o fato de ele próprio ter fumado por algum tempo, apesar de não tirar prazer daquilo — funcionava mais como um movimento de inércia. De volta, quarenta minutos depois, a aula já havia acabado, e o professor marcara falta para B na chamada sob a justificativa de que ele não tinha sido rápido o suficiente. Revoltou-se: fora submetido a um teste? Qual lição Fontana quisera ensinar com isso? Recusar qualquer favor absurdo? Ser um *maestro* também é engolir o orgulho, Fontana disse uma vez, e os colegas de B riram. Mas o que havia de engraçado naquilo? Ali se deu início a uma série de acontecimentos aparentemente gratuitos. B olha para as mãos e passa a cabeça por um novo escrutínio: era culpa dele que o professor de regência tinha se tornado um monstro? Fontana dirigia a B todas as perguntas, usava-o de exemplo em situações, dizia, encarando-o: "Ah, vocês me sufocam com essa mediocridade! Acordem! Postura!". Aos poucos, o asco tomava o rosto do professor, e ele parecia cada vez mais se nutrir desse asco. Ao mesmo tempo, Fontana continuava emprestando livros a B, que ele devorava, procurando alguma marca nas páginas, algum perfume, alguma coisa esquecida que pertencera ao professor (chegou a encontrar fotografias, ingressos), uma pista da materialidade daquele homem. Até que Fontana de repente colocava B à frente dos colegas: "Vocês são uns inúteis, não fazem nada do que eu mando. Vocês não veem como este colega está tentando ir além das próprias limitações?". Aquele era seu prêmio, ser finalmente reconhecido. A imprevisibilidade da cena, porém, o fazia lembrar da tia. Um dia havia, outro não. Um dia ali, outro longe. Acreditou ser normal, as pessoas são assim. Mais que tudo, queria atrair a atenção do professor, aprender tanto quanto pudesse, estar junto dele, e aquilo era uma espécie de armadilha. Toda a imodéstia de um grande gênio? Se era tratado como um grande gênio, talvez o fosse, afinal. Mas de vez em quando era tratado como idiota. O primeiro regente *de verdade* que B conhecera de perto, depois de tanto tempo ouvindo gravações, tendo de se contentar com a imagem apagada dos fraques na tevê. Outra alegria volátil haviam sido as disciplinas obrigatórias de piano, e com elas os planos de puxar mais horas do instrumento no futuro. A jovem professora designada para as aulas chegara à universidade havia pouco e tinha uma aliança de ouro na mão esquerda, resplandecente de tão nova. B sabia pouco sobre ela — agora nem consegue lembrar seu nome —, mas era uma pessoa doce, que chegou perguntando se ele já estava familiarizado com o instrumento. Uma professora muito positiva, que elogiava na medida certa e corrigia erros com uma delicadeza quase maternal, sem grandes crises. Mas, na universidade, tocar piano tinha um retrogosto enjoado. Maníaco pela excelência, foi um pulo para se desentender com o instrumento: caiu na armadilha de que poderia tocar piano *apenas* se tocasse com maestria. Não havia aquela história de instrumento complementar, era piano ou não era. Certa vez, durante uma das aulas, começou a passar mal, a ter calafrios. A professora, tão bondosa, colocou a mão pequena e fria na testa de B: estava ardendo em febre. Mandou-o para casa. Ele vomitou antes de chegar ao ponto de ônibus, e um colega, ao encontrá-lo naquela situação, ofereceu uma carona até a moradia estudantil. Depois disso, foram três dias de uma virose que o manteve na cama, e da cama para o banheiro. Ainda demorou um tempo para que conseguisse voltar ao campus, mas quando se recuperou, mais magro do que já era, sentiu que seu atraso com o piano era grande demais para um retorno digno e trancou a disciplina. Sem saber por que tinha feito aquilo, explicou à professora que precisava se dedicar mais ao violão naquele momento. Por certo, ele entende agora, chamando baixinho pela cachorra, ali morreu alguma coisa que havia muito estava para morrer. B assobia e vê um movimento na sala: a cachorra, encolhida embaixo da cadeira de vime, acordando de um sono pesado. Devagar, ela caminha até B e sobe com as patas brancas em seus joelhos. Está cada vez maior, ainda mais comprida do que era quando B viajou. Tem essa impressão sobre os cachorros, que crescem rápido como os bebês e as crianças. Os filhos a adotaram numa feira do bairro, e não houve muita conversa, não precisaram negociar. E, no fim, ele e a mulher se apaixonaram pela vira-lata, peluda, branca com manchas marrons, um olho preto e outro azul. Mesmo sendo filhote, parecia já ter sofrido um bocado na vida, e demorou a se acostumar com os afetos que recebia — tal qual B quando chegou a Londres, prevendo o mesmo degrau de dificuldade da sua transição do interior de Minas a São Paulo, mas foi pior. De fato, a universidade — que ele imaginara ser o reduto do saber, do pensamento livre, do conhecimento profundo — se mostrou um mundo difícil. Aquele professor de História da Música, um português que cobrava que os alunos soubessem de cor a data de nascimento e de morte de todos os compositores, o cúmulo do culto à personalidade. Sabe de cabeça, até hoje, todas as efemérides do mundo musical — ao menos isso lhe permite planejar com antecedência repertórios para concertos comemorativos. Havia também uma professora de piano (essa nunca lhe deu aulas; soube disso por outrem) que acreditava que os alunos aprendiam apenas através da repetição e da imitação. Agora, todos esses professores estão mortos, inclusive o professor de regência. Eduardo Fontana exigia que eles aprendessem inglês e terceiras, quartas línguas — francês, italiano, rudimentos de alemão se fosse possível, um semestre de latim. Parecia não haver tempo de vida para realizar tudo o que aquele homem já tinha feito. Ou dizia ter feito, é claro — B ri e acaricia a cachorra. Tocar bem, ter bom ouvido, compreender questões composicionais. Durante a universidade, um sonho frequente o acossava: estava conversando com Fontana de modo pacífico e razoável, mas de repente erguia o punho e dava um soco na cara do professor. Por vezes era apenas um tapa. B se via pedindo desculpas a Fontana, dizendo que aquilo não ia se repetir, que não era intencional. Aí acordava. Havia um sentimento misto naquela agressão: um prazer pela coragem do ato, um arrependimento sincero e o medo de ser expulso da universidade por mau comportamento. B tinha um medo constante de perder: matérias, ônibus, entendimento, repertório, namoradas. Queria perder a vergonha diante das meninas. Seus colegas às vezes apareciam com meninas em casa, e encontrar com elas era sempre um pouco constrangedor. E quando o filho arrumar uma namorada, como vai ser? Ele ainda é pequeno, há pouco era um bebê. Pode ser que não queira uma namorada, mas um namorado. B teve uma namorada logo nos primeiros meses depois de se mudar para São Paulo — uma menina meio atirada. Durou pouco. Ainda se constrange ao pensar na vergonha que sentia naquela época, vergonha de quão pouco sabia da vida. Contou aquilo para Sandra? Talvez. Sandra era, sobretudo, boa ouvinte. A memória às vezes parece um sonho: caminhavam, caminhavam sem nunca chegar aos lugares aonde estavam indo. A festa da qual não consegue se lembrar, qual era? Lembra-se apenas da festa em que conheceu Martin, uma recordação tão clara que dá ao evento uma verdade bem trabalhada de invenção. Foi na casa de

Sandra. B costumava dizer que Sandra brincava de adulta, fazendo almoço de domingo: assavam alguma carne (em geral frango; cordeiro só quando tinham dinheiro) com batatas e outros vegetais, e ficavam bebendo cerveja e vinho na sala como se, na verdade, aquela horda de jovens fosse uma família de sangue. Claro que eram adultos e independentes, mas a provocação *brincar de adulto* tinha mais a ver com a imitação aparentemente não intencional do senso comum ao compor um almoço de domingo: reunir todos em volta da mesa, ouvir música, contar histórias, como faziam seus pais e os pais de seus pais. Pensando em retrospecto, eram, sim, uma família. Sandra foi sua família por muitos anos, e agora B não sabe mais dela. Uma família sempre cheia de agregados, com gente nova e de origens distintas, colocando pratos diferentes na mesa compartilhada. Havia um garoto naquela festa que B ainda não conhecia, apesar de já ter visto em algum canto. Era um rosto fácil de ser guardado. B sente uma vertigem, uma queda no pânico: não consegue recordar o rosto de Martin. Como era? Lembra-se apenas de detalhes: o nariz, como o de Dürer. Olhos verdes. Na casa de Sandra, Martin estava de avental, de frente para a bancada da cozinha, picando cenouras. B disse oi, colocou a cerveja na geladeira (eram latas ou garrafas?) e depois se voltou ao desconhecido, que enxugou as mãos num pano de prato antes de cumprimentá-lo, olhando-o nos olhos com extrema simpatia. "Eu sou o Martin, você é...?" De imediato B percebeu como aquele era um rapaz transparente, de uma explicitude, de um convite, como se estivesse disposto e até desejasse ser virado do avesso. Uma mão pequena, meio envergada, um pouco calosa, e um aperto de uma firmeza convidativa, sem a estúpida disputa de forças entre homens. Olhos de um verde manchado. Como as costas de um sapo. Mas não consegue recordar mais que isso. O rosto de Martin. Precisa ver as fotografias urgente, mas, antes de tudo, sair com a cachorra, que vai começar a aprontar se não for passear neste minuto, roer ainda mais o sofá. Foi em 1991. "Eu queria apresentar vocês. Martin acabou de voltar da Grécia", Sandra falou, e B soube que era uma indireta; então casualmente perguntou o que ele tinha achado. "Ir para a Grécia no inverno não é o ideal", Martin respondeu, "sem a possibilidade de ir à praia, o frio que faz. Preciso voltar em julho para um veredito mais exato. Mas os museus, as pessoas e as comidas são incríveis." Martin estudava piano na academia, estava no primeiro ano, e parecia ser uns anos mais moço que B. Poucos, mas isso fazia diferença, eram jovens. B entra devagar no quarto de casal, dá uma olhadela na esposa adormecida e se veste no maior silêncio que consegue: pega a calça jeans que deixou largada sobre a cadeira, abotoa uma camisa e mete no bolso o par de óculos de leitura, da maneira como sua mulher *detesta* que ele faça. Há uns anos, começou a precisar deles, mas simplesmente não consegue se habituar a carregá-los na caixinha. Acostumado a uma vida de boa visão, sempre perde, amassa ou quebra os óculos, agora que precisa deles. Então acaba tendo uma coleção de óculos vagabundos, do tipo que se compra em banca de revista e aeroporto, porque deixou os óculos bons em um avião há algum tempo e não pretende gastar dinheiro fazendo novos agora. Volta à sala, sem parar de forçar a memória: o rosto de Martin. Quando jovem, B conseguia ver graça e beleza em assistir ao declínio das coisas. Hoje, a decadência é algo apavorante. Claro que se sente muito distante de ter uma perda técnica no violão, pelo contrário: está vivendo o seu melhor momento como músico. Talvez o auge de sua maturidade artística. Mas sabe que em breve, ou a qualquer momento, os dedos podem ficar duros, chegar uma artrite, uma distonia focal, ou então coisa pior. Em sua mente, agradece a Tubarão por não deixar que ele tocasse com a mão torta. O tempo, contudo, levará a consciência, seus músculos, seus ossos, e a ideia de perder a si mesmo antes de gravar certas coisas o apavora. Precisa gravar Bach, claramente, que passou a vida toda tocando e que ainda não gravou a sério. Principalmente Frederico Mignone... Não! O primeiro nome de Mignone é *Francisco*, não *Frederico*, o que está acontecendo com sua cabeça? Francisco Mignone. Já chegou a cometer esse erro em público, e por sorte conseguiu emendar uma piadinha sobre os cabelos brancos e a memória falha. Mais de uma vez, trocou o nome de Radamés Gnattali pelo de Francisco Mignone, dois nomes que nada tinham a ver além do estranhíssimo *gn* italiano. Queria gravar os *Doze estudos para violão*, que Mignone escreveu num ritmo frenético, com *dias* de diferença um do outro, segundo o que consta nas datas das partituras. Alguns, como aquele desgraçado do *Estudo nº 12*, são infernais... É uma música tão difícil, portanto deveria passar a sensação de perigo, isso precisava estar claro, mas como? Foi Carl quem contou a B a história (ou mito) sobre escrita daqueles estudos. Mignone não tinha interesse em compor para o violão; sentia, inclusive, vergonha de escrever música *popular* para ser tocada no rádio: publicava o que compunha sob o pseudônimo Chico Bororó. Quando, em 1970, foi ao *Seminário Internacional de Violão*, algo a respeito da sua concepção do instrumento mudou. Talvez tenha sido a mesma virada que B sentiu ao perceber que sua realização poderia muito bem estar em ser violonista. Compreender que ali cabe tudo. Na época em que foi aluno de Carl, tocou um ou dois estudos que quase passaram batido, apesar dos esforços e da paixão do professor. Mas agora, B, espantado com a importância capital das composições, começa a reconhecer de fato a beleza delas, como alguém que acha alguma coisa valiosa — e desprezada antes — no bolso de um casaco. Quanta importância pode haver em um encontro, B conclui diante da cachorra. Já são seis da manhã. Vai até a lavanderia pegar a guia e, na volta, confere a porta da geladeira e vê que a mulher deixou mesmo uma lista escrita em um papel rasgado, que enfia no bolso da camisa, atrás dos óculos. O rosto de Martin. Sandra brigava com Martin: segundo ela, as couves-

-de-bruxelas deveriam ser colocadas inteiras no forno, já ele as cortava ao meio. "Eu tenho mais anos de experiência cultural com isso do que você", Martin argumentou. Sobre a bancada, um exemplar de *The Loser*, do Thomas Bernhard. Por coincidência, aquele tinha sido o último livro que B lera. Antes de comprá-lo, B o vira tantas vezes nas vitrines de suas livrarias favoritas, os exemplares empilhados uns sobre os outros. Peregrinou em sua busca nas bibliotecas que frequentava, perguntava às bibliotecárias, semana após semana, se ele havia chegado. Até que não resistiu: acabou por comprá-lo e o leu inteiro num transe durante uma de suas insônias. No dia seguinte andou pela academia como um morto-vivo. Quando Carl percebeu sua condição, B contou o que acontecera. Por sorte, o professor também tinha lido o livro recentemente, e os dois gastaram o horário de aula para discuti-lo. Mais tarde, B emprestou *The Loser* a Sandra, e imaginou que aquele exemplar, deixado na bancada da cozinha, era o seu. Pegou-o e se espantou ao ver na primeira página a assinatura em letra cursiva muito caprichada, como costumava ser sua própria letra desde a infância: *Martin Fleming*. "É seu?", perguntou ao novato. "Sim, acabei de ler e trouxe para emprestar para a Sandra, mas ela me disse que você já fez isso." Ali começou a longa conversa. Sobre o fracasso, sobre o espanto que as coisas prodigiosas causam, sobre o próprio conceito de prodígio, sobre mitos, sobre as exigências da música clássica. Falaram sobre as gravações de Glenn Gould. Por entre as notas, às vezes acima delas, não se podia deixar de ouvir os sussurros, o canto ruminado do pianista. Muitas vezes Martin e B se sentaram para ouvir juntos *As variações Goldberg*. A voz de um fantasma. "O mais interessante desse livro", B disse a Martin, "é que Gould, considerado um louco aqui no mundo, é o personagem com mais sanidade da história toda." Não: Martin dissera isso a B, não o contrário. Naquele momento começavam a fundir-se, os dois. B contou a Martin que havia escrito para a irmã falando sobre *The Loser*, e ela respondera que o livro de Bernhard acabara de ser lançado no Brasil sob o título de *O náufrago*. O título original, em alemão, era *Der Untergeher*. Martin tinha um alemão claudicante, mas erguido; B, não menos que o básico. Não faziam ideia do que era *untergeher*. Pediram a Sandra que pegasse o dicionário na estante e descobriram que o verbo *untergehen*, dentre outras coisas, significava *afundar, sucumbir, desaparecer*; *untergeher* seria o agente: aquele que afunda. Assim, concordavam que *loser*, o *perdedor*, era uma tradução ruim, mas podia fazer algum sentido: o perdedor é um sujeito que afunda em si mesmo. Ali, naquela cozinha, Martin repetiu sua primeira palavra em português: "náufrago". "Eu já tenho meu próprio fracasso, para que ler sobre o fracasso dos outros?", Sandra disse, justificando o abandono do livro. Ao prender a guia na coleira da cachorra, ela começa a balançar o rabo com violência: vão sair. "Não late!", B sussurra. Conversando com Martin naquele domingo, B se sentiu separado do mundo: uma calorosa utopia a dois. A conversa mais longa que tiveram foi sobre Villa-Lobos, um apaixonamento recente de Martin. Quando B estudou e tocou à exaustão todos os *Prelúdios*, *Choros*, *Estudos* e o *Concerto* para violão, Villa ainda passava muito longe de ser uma obsessão: era apenas mais um que tinha de ser estudado. Bach, Liszt, Haydn, Mozart, Händel, Beethoven, estes eram mais interessantes. No entanto, longe de casa, B se viu diante de Villa-Lobos como quem descobre a incrível história de vida de um parente brilhante pouco depois de sua morte. Mais do que isso, ele havia enfim *compreendido* Villa-Lobos assim que chegara a Londres, e vinha estudando sua obra com fervor. Sentia, amargurado, a negligência do seu eu do passado. Martin e B conversaram não só sobre as peças, mas também sobre o mito que Villa erguera em torno de si mesmo, como um compositor que, sem conseguir se adaptar aos conservatórios tradicionais por causa da efervescência de seu gênio rebelde e radical, percebeu que era muito melhor que seus professores e tinha mais a dizer do que o Conservatório Nacional do Rio de Janeiro poderia lhe ensinar. Isso tudo era mais que uma mentira: era uma jogada desonesta. Essa historinha de que Villa-Lobos seria *genial demais* para o conservatório escondia o fato de que, na verdade, o compositor havia perdido o pai cedo e tivera de trabalhar para sustentar a família. Villa chegou a frequentar o curso noturno do conservatório, interrompendo-o de forma repentina porque as aulas à noite foram encerradas por um corte no orçamento. "Tem ainda mais mentiras, ele se construiu na mentira", B disse, "o Villa falava que viajou a Amazônia de canoa, que foi capturado por canibais e comeu a carne de uma criança; que caiu na boemia carioca, teve incontáveis noivas, para terminar soltando pipa nos céus de Paris." "Mas essa foi uma invenção brilhante da parte dele, você tem que concordar", Martin respondeu, "uma viagem é a ocasião perfeita para contar mentiras. Você mesmo não está mentindo para mim? Fingindo ser alguém que você não é, caro estrangeiro?" B gaguejou. Nunca teve um senso de humor apurado. "Eu não confio em você", disse Martin, tomando um gole de uísque — alguém tinha aparecido com aquela garrafa de uísque —, "você está escondendo alguma coisa." O que estaria sendo escondido nem B saberia dizer: nem antes, nem agora. Em algum momento daquela amizade, os dois fariam um pacto de sinceridade, de dizer apenas a verdade um ao outro. Destrancando a porta de casa, B percebe que esse era um pacto impossível, porque muitas vezes a verdade a ser dita estava oculta até de si mesmo. Essa foi a derrocada dos dois, acreditar que existiam as verdades puras. A voz de Martin e seu brilho cáustico. O rosto de Martin, como era? O nariz de Dürer. B contou que estava se dedicando a estudar a integral de Villa-Lobos para violão solo. Quando ouviu isso, Martin ficou com os olhos transparentes brilhando. "Eu adoraria escutar alguma coisa disso", Martin disse, e B o convidou para ouvir no dia seguinte. "Claro, amanhã tenho a tarde livre para estudar. Podemos almoçar juntos, que tal?" Chamar Martin para vê-lo tocar deixou B apreensivo. Com Tubarão, tinha aprendido na prática a estar em todos os lugares com a música, e com Graça Saltarelli, sua professora na universidade, a ensaiar por completo todas as apresentações — contar quantos passos precisava percorrer da entrada do palco até a cadeira, entender a largura de suas passadas, decidir com qual mão levaria os antiderrapantes e com qual levaria o violão, pensar no agradecimento; em suma, a ter tudo planejado, tudo sob controle. Mesmo assim era difícil, sempre seria difícil. Martin era de Bath, começou os estudos de piano muito jovem, passara por muitos professores e muitas escolas, e agora, aos vinte anos, estava ali na academia. Ou ainda tinha dezenove? Comoveu-se ao ouvir a história de B sobre o piano da tia. "Mas você gosta do seu violão?", Martin quis saber, e aquela pergunta soou tão inocente, talvez feita menos para ser entendida como uma pergunta e mais como uma afirmação. B não teria outra forma de responder se não dizendo que tudo melhorou depois que ele decidiu pelo violão, mesmo que o violão parecesse um erro de percurso. De alguma forma, B confessou, já francamente bêbado, o violão o salvou de ser uma pessoa que ele não era, e uma grande responsável por isso tinha sido sua professora na universidade. Parece haver um grau de xamanismo em certos artistas... assim era Graça. Logo na primeira aula com ela, antes de cumprimentar B, Graça apenas olhou para cima, sorrindo por trás dos óculos de grau de aro finíssimo, disse "nossa, como você é altão!" e, em seguida, num gesto inesperado para uma senhora baixinha de cabelos grisalhos, sempre curtíssimos, o abraçou. Não era o primeiro contato que tinha com Graça. Quando ainda era um calouro do curso regência, ela o abordou no corredor: "Ah, você é o rapaz da regência que estuda violão! Escolha curiosa. Normalmente, quem estuda violão acaba indo para a composição, e não para a regência. Mas cada pessoa com seu caminho. Bom, se você precisar de qualquer coisa lidando com essas bestas, você sabe onde me encontrar. Sou a professora Graça". Só depois, quando percebeu a selvageria do ambiente, B desconfiou ter entendido o que Graça chamara de *essas bestas*. Lembra-se dela em pé, na sala, sempre de jeans, camisa e sapatos ortopédicos, com as mãozinhas na cintura, ouvindo-o tocar. Ela sentava e levantava o tempo inteiro durante a aula; e agora, nas suas aulas, B às vezes se vê repetindo o gestual, as falas, até mesmo as proposições de Graça, que parecem nunca envelhecer. Uma espécie de sabedoria mágica, uma percepção veloz e aguçada do mundo. "É raro encontrar alguém como ela na vida", B disse a Martin naquela tarde na casa de Sandra. Graça foi a pessoa mais organizada com quem B deparou durante toda a sua carreira. A mais brava também. Sem tolerar brincadeiras, piadinhas, desaforos, dava aos seus alunos outro tipo de lição. Uma educação *postural*. Para B, a pior angústia de um violonista é saber escolher o repertório a ser tocado, e Graça estava pronta para resolver até mesmo isso. Em primeiro lugar, as peças de um repertório deveriam ser escolhidas de acordo com a dificuldade: sempre estudar conjuntos iguais de obras fáceis, de média dificuldade e difíceis. "Assim você tem o que fazer também nos dias ruins", Graça costumava dizer, "e não fica só enfiando o pé em coisas complicadas." Depois, pensar num repertório com músicas de diversos tempos: renascença, barroco, o período clássico, o período romântico, obras do século XX, música brasileira e, por fim, contemporânea. "Veja quantos compositores estão por aí produzindo", a professora provocava, "e às vezes a gente ignora completamente os coitados." A necessidade de ser profundo sem deixar de ser ubíquo. Graça se atentava também a toda e qualquer efeméride: anos de aniversário de nascimento e morte de compositores, anos de aniversário de composições célebres. "Parece uma grande besteira, mas se você fica atento a aniversários e estuda as peças direitinho, nunca fica sem convite para recital. As pessoas gostam disso", ela dizia. Em 1986, lembraram-se dos dez anos da morte de Britten, e B tocou *Nocturnal* pela primeira vez, uma peça que ainda o acompanha. Preparo mental, planejamento de estudo, planejamento de carreira, planejamento de vida. A dificuldade comum aos alunos do violão: leitura de música à primeira vista, uma habilidade tão necessária e exigida aos outros músicos. Graça travava luta ferrenha contra isso: obrigava os alunos a ler música muito bem e ter uma relação de excelência com as partituras. Segurando firme a guia da cachorra enquanto fecha a porta do apartamento, B sente um orgulho profundo de algumas memórias: sua ótima leitura à primeira vista lhe rende excelentes momentos de exibicionismo puro, como quando foi tocar com um jovem grupo de música popular, tão distante do violão clássico ao qual ele estava bem habituado. Sentou-se em frente à estante e tocou a partitura do começo ao fim, o que assombrou os outros músicos, mais acostumados ao ouvido do que ao olho. Pelo período de estudos em regência, mesmo sendo tão curto, B também aprendeu a ler grade de orquestra, e continuou adorando olhar as partituras de sinfonias e concertos. O todo de um grupo musical à sua frente versus a solidão da madeira e das seis cordas. Entretanto, ele tinha dificuldade para ler tablatura, tal qual Graça, que as chamava de "atrocidade", "coisa feia", ou "o terror do código". Hoje B entende que a professora desprezava tablaturas simplesmente porque não conseguia lê-las bem. Com muita frequência, durante as aulas dela, algum aluno ou professor da composição invadia a sala e pedia que ela lesse uma peça ao violão, para ver se estava como na imaginação do compositor e se soava bem ao instrumento. B teve a oportunidade de ver isso acontecendo mais de uma vez: Graça colocava a partitura sobre a mesa e começava a tocar em tempo real. Na primeira vez, B observou, chocado, a professora tocar com grande desenvoltura e certeza, como se conhecesse aquilo que o compositor havia acabado de escrever numa folha ainda cheia de marcas de borracha e hesitações do lápis. Em uma dessas ocasiões, um vento soprou a partitura para o outro lado do cômodo. Pareceu a B um gesto de pura magia: Graça continuou a tocar. A fim de saber por quanto tempo a professora sustentaria a música, ele fez questão de se levantar o mais devagar possível para pegar as páginas. Até que ela parou e disse, com a braveza costumeira: "Eu preciso da partitura para tocar, por favor". Foi assim que B recebeu sua grande lição sobre a leitura de partitura: ir uma linha à frente. No caso da música, os olhos devem conhecer antes do entendimento das mãos. Era preciso olhar sempre para a frente, claro. O futuro. Naquele almoço de Sandra, quando B foi se despedir de Martin, quase às dez da noite, o novo amigo lhe disse que também estava indo, e vestiram os casacos. Descobriram uma coincidência: numa cidade tão grande, Martin e B moravam a apenas uma estação de metrô um do outro. A casa de Mimi ficava perto da Wood Green, e Martin morava em Turnpike Lane. Foram juntos, conversando dentro do vagão, e, no momento da despedida, contrariados com o fim, interromperam um assunto para trocar um aperto de mão. B se lembra bem, enquanto desce pelas escadas com a cachorra, que o puxa para a frente com seus quinze quilos, da sensação esplendorosa de voltar para a casa de Mimi a pé da estação, o ar gelado da noite no rosto. A expectativa. Como dormiu mal! Todas as coisas que queria perguntar a Martin no dia seguinte, todas as coisas que gostaria de dizer a ele! Só conseguiu cair no sono depois de anotar tudo em um caderninho. Na manhã seguinte, a excitação lhe pareceu estúpida, própria de quem tinha bebido demais. Arrancou as páginas e as jogou no lixo: agiria de forma natural. Quando, ao meio-dia, encontrou Martin, teve vontade de abraçá-lo, mas houve apenas outro aperto de mão. Almoçando juntos, atravessaram um constrangimento inicial, como se a conversa da noite anterior e a identificação furiosa que experimentaram um pelo outro não passassem de um delírio momentâneo.

O diálogo engatou de novo só depois de retomarem o assunto Villa-Lobos. B contou que, de início, sentira certo medo de encarar a integral para violão. Além de achar que era coisa demais para um único músico, acreditava que naquele conjunto poderia haver um enlouquecimento, o que se provaria, em parte, real: preparando-se para gravar, tivera uma briga com Arnau que quase lhe custara seu violão. Não gosta nem de se lembrar disso. "É uma obra redonda, magnífica, praticamente uma biografia do trabalho do Villa", B se recorda de ter dito, querendo impressionar. Três blocos de peças: suíte, prelúdios e estudos, representativas de três períodos do compositor, cada bloco com sua estampa própria. O que mais deu trabalho a B foi a *Suíte popular brasileira*: era difícil tocar de modo espontâneo sem soar displicente. Também teve muita dificuldade com o *Prelúdio nº 2*, um traiçoeiro: choro, abstração, depuração, violência. B confessou a Martin que, desde os dez anos de idade, escutava sem parar os *Doze estudos* de Chopin para piano e queria que seus *Doze estudos* de Villa-Lobos, que tanto deviam a Chopin, soassem como os que ele escutava: aquela integridade, aquela intransigência técnica, talvez com um pouco mais de flexibilidade e paladar. Sentados em uma sala da academia, contou a Martin que estava trabalhando feito um burro de carga naqueles *Estudos*. Tentava compreendê-los como uma obra só, corrida, sem divisões, mas ainda não conseguia executar bem tudo de uma vez, de forma que fez recortes para apresentá-los ao novo amigo: o *nº 2*, que lhe cobrara um esforço descomunal para meros um minuto e pouco de música, o *nº 3*, besuntado de unidade de gesto, o *nº 7*, alegria exibicionista e besta de virtuoso. Martin interrompeu todas as justificativas: "Ah, por favor, cala a boca e toca logo!". B se lembra de apenas enxugar na calça o suor das mãos e obedecer. Martin ouviu com atenção. Desatento, B chega à portaria do prédio e volta a si: no começo, quando a cachorra era filhote, ela sempre armava um escândalo na hora de sair, não dava para saber se de empolgação ou medo. Ela tem medo dos outros cães na rua, assim como parece temer pessoas com as quais não está acostumada. A veterinária disse que isso é muito comum em cães que sofreram muito no início dos seus dias. "Imagine", ela falou, "o que é conhecer só a maldade e de repente alguém te oferecer carinho?" Antes, ela se encolhia toda ao ser acarinhada, como se não esperasse algo bom, e os filhos de B foram exemplarmente cuidadosos nesse sentido. B ainda o é: quando está em casa, gosta de sair bem cedo com ela, assim que acorda, com a rua vazia de gente e de cães. Contempla o silêncio do outro lado do portão do prédio por um momento e recorda a pergunta que Martin fez depois de ouvi-lo tocar: "Esses são os seus preferidos?". "Não", B respondeu. "Quais são os seus preferidos?" "O 4, o 5 e o 11. O 10 também." "Por que você tocou esses, então?" "Que pergunta. São os que estão melhores..." "Mas eu queria ouvir os que você mais gosta." Martin, uma criança. Tocou o *Estudo nº 4*, que o novo amigo ouviu com atenção novamente. E então disse: "Você faz parecer fácil... Quer dizer, você faz com muita capacidade, porque eu sei que não é fácil... Essa força sensual que o Villa-Lobos tem... está tudo aí". Os colegas de violão jamais usariam aquela palavra: *sensual*. Ririam dela ou, no máximo, usariam como piada. Carl, talvez, mas, ainda assim, ele era tão duro... B comentou isso com Martin, que respondeu: "Às vezes me parece que os violonistas tentam compensar a sutileza do instrumento se comportando como broncos. Alguns são uns broncos com o verniz da erudição". A história de comparar o violão ao corpo de uma mulher... e das mazurcas de Tárrega, todas com nomes de mulher... B se surpreendeu: então Martin conhecia Tárrega a esse ponto? "Eu amo violão", ele afirmou, "realmente amo, é um instrumento lindo, intimista, não existe nada igual ao violão. Mas não gosto de concertos de violão em grandes salas, a não ser que seja amplificado. Não é um som para espetáculo. É um som para isso que eu e você estamos fazendo aqui. E vocês sofrem com isso. Não deveriam. O piano é o instrumento do espetáculo, claro, mas ser o espetáculo faz com que a gente se esqueça de certos afetos." A cultura geral e até mesmo musical dos violonistas geralmente é acomodada, B pensa enquanto abre o portão do prédio e olha para os dois lados da rua vazia antes de atravessar o asfalto. Um instrumento que corre o risco de ficar muito isolado entre os seus. Martin pediu para ouvir um dos *Prelúdios*, então B tocou o terceiro (não foi das suas melhores execuções) e disse: "Chega, é isso que eu tenho por enquanto!". Estava suando, molhado na testa, nas axilas, sentia-se imundo. Os comentários de Martin sobre a peça se tornaram uma conversa, até que os dois caíram no silêncio. Olharam-se por um momento. Mas, não! Não poderiam parar ali, não poderia acabar ali. Martin respirou fundo, como se estivesse triste: "Eu tenho ingressos para um concerto hoje à noite. Se você quiser me acompanhar... podemos beber alguma coisa antes. Acho que te devo uma cerveja por esse espetáculo, ao menos". *Espetáculo*. Martin estava sendo sincero? Os ingressos que ele tinha eram para o Wigmore Hall, que já era a sala de concertos preferida de B. As revistas de música que comprava no Brasil traziam programações de concertos no exterior, e a do Wigmore Hall era um sonho: pianistas, violonistas, cantores que B admirava de longe, todos lá. Além de tudo, havia os relatos da mitológica perfeição da acústica da sala, oriunda de uma combinação de suas dimensões e seus materiais: madeira, pedra e o vidro de uma claraboia no teto. Parecia-lhe mais impressionante levando-se em conta a sua fundação, em 1901. Quando B chegou a Londres, oitenta e sete anos depois, não se atreveu a ler a programação da sala, para não ter a profunda frustração de se saber sem fundos para algum concerto a que desejaria muito ir. No entanto, venceu um concurso na Espanha poucos meses depois, ganhou um bom dinheiro e foi ver Julian Bream tocar. Foi uma pancada: não estava preparado para ouvir o som de

Bream em uma sala cuja acústica era tão espetacular. Tudo soava claro, brilhante, de impacto, acolchoado, e havia também o perfume oleoso e rico da madeira envelhecida, como se a sala fosse um ser vivo. Sentou-se na fileira S, e parecia que Julian Bream estava tocando só *para ele*, tamanha era a estrutura do som. Uns anos depois, quando B foi tocar lá pela primeira vez, propôs um teste: sentou-se de novo na fila S e pediu que Sandra, parada de pé no palco, jogasse uma bolinha de papel no chão. B ouviu o som perfeito e claro de onde estava — queriam ter feito a experiência com um alfinete, mas não havia um à mão. Era magnífico estar lá, tocar naquela acústica, sob o polêmico friso sobre o palco (Martin o achava genial, Sandra o odiava, B não podia dizer que tinha uma opinião formada). À tarde, tomando uma cerveja depois de tocar para Martin, B contou a ele que uma das primeiras coisas que fez na semana de sua chegada a Londres foi ir ao número 36 da Wigmore Street para admirar o exterior da sala de concertos: o toldo da entrada, as portas de madeira e vidro, o mármore preto e branco com o mosaico de pequenas pastilhas em que se lê WIGMORE HALL, o carpete vermelho que se espalha porta adentro... Martin lembrou-o da cena de abertura de *Bonequinha de luxo*, quando Audrey Hepburn desce do táxi numa avenida vazia, com seu café da manhã em um saco de papel, e o toma enquanto observa as vitrines da joalheria. B rejeitou a comparação; disse que havia uma grande diferença entre olhar as joias de uma vitrine e observar uma sala de concertos ao longe. "Então você acha que a música e a arquitetura são artes superiores à ourivesaria?", Martin perguntou. "A música não é um bem de consumo de luxo", B respondeu de imediato. Depois de um silêncio, o amigo retrucou: "Você não gostou que eu te comparei com a Audrey Hepburn, não é?". Qual terá sido sua resposta? É possível que tenha ficado em silêncio. A cachorra o puxa com força pela rua, tudo está vazio; o cheiro da manhã é úmido porque choveu a certa altura da madrugada. Com bastante barulho, uma banca de revistas é aberta ao seu lado. A cachorra late, recua, B diz que está tudo bem. Sabe que em uma das caixas de fotografias há uma foto de Sandra vestida como a *Bonequinha de luxo*, com longas luvas negras e uma pequena coroa sobre a franja. Quer muito procurar isso quando chegar em casa. B estava começando a despontar como concertista internacional quando foi convidado pelo consulado brasileiro para tocar no Wigmore Hall pela primeira vez. Como cairia no dia 5 de março, aniversário do Villa-Lobos — apesar de não ser uma efeméride exata —, B propôs tocar os *Doze estudos* na parte inicial do concerto. Em que ano foi isso? 1992, 1993, 1994... precisaria olhar. A apresentação estava marcada para um domingo, às quatro e meia da tarde, mas B chegou o mais cedo que pôde para viver uma das maiores delícias que já experimentou: tocar por bastante tempo na sala vazia. Sandra estava com ele o tempo todo. "Vai ser um concerto incrível! Eu nem acredito que estamos aqui!", ela disse. B sentia tanto prazer em ver como ela tomava suas conquistas para si — *estamos aqui*; ele não estava sozinho. Mas havia sido sobretudo uma grande sorte que ela estivesse lá: quando B foi reafinar o violão, uma tarraxa quebrou, escorregou, caiu no chão. Não era possível! B virou um fantasma, e Sandra o olhava sem entender. Ele não sabia por onde começar, onde botar as mãos. "Eu preciso ligar para alguém", B disse, "a tarraxa soltou. Preciso de um telefone, preciso de outro violão!" "Mas não dá para arrumar isso aí?" "Não, Sandra, não dá para arrumar." B pediu para usar o telefone da sala, mas estava tremendo tanto que mal conseguiu discar o número: primeiro, para Carl, para que ele trouxesse outro violão; depois para Arnau, mas ninguém atendeu na casa de Mimi. Talvez já tivessem saído. Talvez fosse necessário cancelar o concerto? Não era possível! Por fim, ligou para o dono de uma loja de instrumentos musicais próxima dali, e ele se dispôs a abrir a loja para B. Sandra saiu correndo para buscar uma nova tarraxa. Já eram quatro da tarde, e o inimaginável estava acontecendo: B só viu atrasos em concertos uma ou duas vezes em seus muitos anos de Londres. Sandra, velocíssima, voltou bem rápido, com o rosto vermelho suado, no mesmo momento em que chegou o professor da academia com outro violão: "É melhor você tocar no *seu* violão", aconselhou. Em vez de se alongar e se aquecer antes do concerto, B gastou seu tempo arrumando a tarraxa do instrumento. Teve de tirar todas as cordas, algo realmente trabalhoso e desesperador. E pensar que botou todas de novo... Sandra disse, em português e baixo: "Fica frio, o concerto é do consulado brasileiro, sem atraso perde a caracterização cultural". Poderia surrá-la naquele momento, mas ela o fez rir. Sandra era tão boa para ele, e ele não foi bom o suficiente. Foi por que isso ela sumiu? Quando, com a ajuda do professor, enfim conseguiu consertar o violão, B botou a gravata, arrumou o cabelo e entrou no palco com quinze minutos de atraso para tocar, sem aquecimento. O início foi terrível e atropelado, mas no fim se sentiu bem. Onde estava Martin naquela noite? Lembra-se dele na calçada, depois do concerto, vestindo o casaco cinza. Os casacos de Martin eram sempre muito maiores que ele, numa época em que a moda produzia aquelas roupas gigantes, com ombreiras. "Não tem casaco que me sirva direito, sou pequeno demais!", Martin dizia. Ao fim da tarde do dia em que tocou para Martin, um dia depois de conhecê-lo, foram ao Wigmore Hall assistir a um concerto de piano. No ambiente gostoso, escurecido, aconchegante do Wigmore Hall, ouviram uma jovem pianista francesa tocando o *Gaspard de la nuit*. Houve outra peça além do *Gaspard*, mas o quê? Naquele ano, Martin começaria a estudar essa peça complicada e exigente — várias vezes B o viu desesperado por conta dela. Mas o amigo nunca desistiu. Martin ainda tem um *Gaspard de la nuit* célebre, que B voltaria a ver em gravações, mas nunca mais ao vivo. Algum dia, quem sabe? Teria vergonha do reencontro. "Vocês, pianistas, são tão obcecados pelo próprio instrumento", B disse a

Martin quando se sentaram para tomar outra cerveja depois do recital — a despedida mais parecia impossível. "Ah, e vocês, violonistas, não são?", o outro retrucou. Na maioria das vezes Martin estava certo, e talvez tenha sido essa a derrocada de B: não acreditar que Martin estava certo. Nas primeiras setenta e duas horas, os dois quase não se desgrudaram. Mas B infelizmente não se lembra de tudo. Enquanto a cachorra segue sempre em frente, ele força a memória: assistiram a *Todas as manhãs do mundo* logo nos primeiros dias? Ou foi depois? Agora B sabe que jamais conseguiria de novo uma amizade como aquela, aquele tipo de relação profunda e cheia de entrega, um presente tão delicado e deslumbrante que é difícil de aceitar sem medo de que alguma coisa se quebre. Apenas os cães são assim, pensa, enquanto conduz a cachorra. Martin e B fizeram várias refeições juntos — tinham até tomado café da manhã em uma confeitaria que Martin adorava —, beberam cerveja, caminharam pela cidade conversando, sempre entregues a conversa imensa, que só era cortada quando se despediam para dormir, cada um em sua casa. Duas vezes, B quis chamá-lo para a casa de Mimi, mas o que mais fariam lá? Melhor encerrar a noite. O medo. Foram dias em que estudaram pouco: iam para a academia para fazer suas aulas, porém logo arrumavam uma desculpa para se encontrar de novo, para sair dali, para ficarem a sós. Aquelas primeiras setenta e duas horas, um tesouro no tempo, terminaram justamente com Martin tocando estudos de Chopin para B. Essa escolha sensível, uma forma de dizer que prestara atenção a tudo o que o outro dissera. O rosto de Martin, rosto ausente; B se esforça para se lembrar: a transparência dos olhos, a maneira como ele franzia a testa e os lábios ao tocar piano. Uma coisa que B sempre desejou foi nunca ter tiques no rosto enquanto tocava. Isso porque sempre acha constrangedor observar músicos que contorcem o rosto, o corpo, em expressões que lhe parecem descuidadas. Sente-se de fato constrangido — *constrangimento* define bem a emoção —, como se visse homens nus no vestiário masculino. A sensação de que algo secreto e proibido está se revelando e ninguém parece se importar, ou finge não se importar: assim são esses músicos que reviram, oscilam, externam corpo e rosto, desabam a postura. Mas havia algo nas expressões de Martin, uma elegância viva e poderosa. O poder sobre si mesmo diante da música era admirável. Naqueles dias, B muitas vezes se pegou olhando para Martin e se perguntando: ele é mesmo um homem? O amigo diferia da sua ideia de homem. Eram tão jovens, apesar de se sentirem adultos... parecia que o homem em cada um ainda demoraria muito tempo a chegar. Quando os dois se separaram, sabendo que ficariam alguns dias sem se ver (Martin faria uma pequena viagem para a casa de seus pais), se abraçaram. O quente repentino do corpo alheio, a materialidade inesperada do que antes não havia sido tocado. A partir dali, se abraçariam a cada encontro. O primeiro dia que passaram separados foi maçante. A todo momento vinham à mente de B coisas que deveria falar e perguntar ao amigo, e Martin não estava ali para ouvir ou responder. "Martin vai morrer de rir disso", pensou mais de uma vez, imaginando os olhos verdes franzidos, um gesto das mãos pequenas. De repente, os colegas do violão haviam se tornado burros e superficiais: se não falavam do monotema do violão, falavam de coisas desimportantes e sem sentido. Lembra-se de ter achado um tédio assistir com eles a uma partida de futebol num pub perto da academia. Enfim, no reencontro, Martin disse: "Eu fico conversando com você na minha cabeça", e foi uma torrente de palavras, assunto que puxava assunto, parecia inesgotável. "Olha lá, os novos melhores amigos", Sandra disse ao vê-los na semana seguinte. B para e trava a guia da cachorra antes de atravessar a rua. Ela cheira o chão. Já passou da fase em que comia o mundo, depois que se engasgou com uma folha. Agora ela desconfia, agindo contra o próprio instinto de colocar a boca em todas as coisas.

Só come o que colocam na sua tigelinha, uma confiança rigorosa. B se orgulha disso. Recorda agora uma noite em que Martin apareceu na casa de Sandra de repente, agitado e tendo crises de riso, com as pupilas negras agigantadas. Fizeram algo para ele comer, deixaram-no dormindo no sofá. B sempre teve medo de perder o controle, e talvez o objetivo da vida de Martin, afinal, fosse se descontrolar. É preciso revisitar as fotos assim que voltar para casa. Às vezes, B busca o nome de Martin na internet, mas nunca conseguiu achar uma foto dele jovem, só recentes. Martin perdeu quase todo o cabelo, mas a barba loira, ao que parece, ainda não tem muitos fios brancos, os olhos verdes continuam brilhantes entre as rugas, o mesmo sorriso gaiato. Mas como era esse jovem? Não consegue se lembrar. Martin se envolveu em uma polêmica há pouco, algo que sacudiu o meio musical: recusou-se a tocar na Rússia e escreveu uma nota de repúdio às políticas homofóbicas e transfóbicas do país. Típico dele, B pensa. Deveria se sentir culpado por ir tanto à Rússia? Sempre que é chamado, vai. É um bom país, nunca viu nada de mau, e ir ao Hermitage em São Petesburgo é de fato uma experiência que gostaria de repetir muitas vezes. Martin demorou um pouco mais do que B para ter seu destaque internacional, mas quando estourou, estourou, e até hoje é celebrado. Martin Fleming. Aquele nome. Nunca veio ao Brasil. Será que também se recusa a vir para cá? Naqueles anos em Londres, em épocas em que B viajava muito, Martin se queixava de estar sendo abandonado. Mas o que podia fazer? Depois, o amigo dizia: "Estou feliz pelo seu sucesso". O *début* de B como violonista tinha sido relativamente cedo, aos dezesseis anos. O primeiro concerto sozinho, no único teatro da sua cidade natal, com cachê e ISS pago. Na época, deu até para trocar as cordas do violão e voltar para casa de táxi. Os amigos e a família ajudaram a encher o auditório. Em breve isso vai fazer trinta e cinco anos, e não sai da cabeça de sua mulher fazer uma festa em comemoração. Estar sempre à frente. À frente do quê? À frente, como vai a cachorra desenfreada pelo maior quarteirão do percurso, às vezes parando, às vezes hesitando, medrosa, diante de um obstáculo minúsculo. Em seu primeiro concerto, tocou Sor, Ponce, Brouwer, Tárrega, Bach. Lembra-se bem do sentimento de euforia e expectativa antes do recital, que terminou com uma sensação abatida e exausta de "é só isso?". A angústia total veio logo após o bis, e ficou prostrado no dia seguinte. Uma sensação que voltaria depois de cada concerto muito trabalhoso: um desgosto, um arrependimento de ter feito as coisas de certa maneira, uma vontade de mudar tudo, a frustração ao perceber que nada sairia como ele havia planejado. O interminável do trabalho. Ainda demoraria bastante para se orgulhar de sua música, mas sempre há as baixas. De um garoto que não conseguia alcançar as cordas com os dedos, B de repente se tornou um homem *grande demais*, e o violão parecia cada vez menor diante do seu corpo, enquanto ele crescia. Agora, B sente estar diminuindo de tamanho, aproximando-se de seu instrumento. Tubarão dizia que tudo é ajuste, e que não havia problema em se sentir mal depois de tocar. A decepção com seu primeiro concerto sério mostrou que o mais importante era o estudo diário, e não o palco. Do primeiro recital, além do sentimento de desencantamento, restou uma gravação malfeita, que deve estar em algum arquivo no computador... Ao menos seu pai viveu para vê-lo no palco uma vez, compreendendo que o violão poderia ser muitas outras coisas e que aquela poderia até ser uma carreira profissional possível para o filho, por mais que soasse irreal. Certa ocasião, visitando com Martin as termas romanas em Bath, B pensou: todo trabalho será ruína. A maioria dos trabalhos deste mundo se tornará bem menos que ruína, a própria ruína seria uma resistência sobre a intempérie dominante e o esquecimento. Sentado com Martin em uma das mesinhas do lado de fora de um café, aproveitando o tempo ensolarado, mas fresco, B se lembra de ter observado as nuvens se reunindo aos poucos, formando a chuva que só viria a cair ao fim do dia. Martin apontou para uma árvore e falou, provocativo, que ela deveria ser mais velha que a idade dos dois somada e quadruplicada. Estavam pensando na mesma coisa? B perguntou ao amigo como ele gostaria de ser lembrado depois da morte, ao que Martin riu e disse: "Eu quero é que me esqueçam". B ouviu a voz de Fontana: "Uma das funções da arte é se sobrepor ao tempo". Algo que antes parecia genial provoca em B uma risada. As expressões latinas que Fontana usava, não sem arrogância: *Ars longa vita brevis, memento mori, festina lente, ab ovo, tabula rasa*. Uma dessas duas era o ex-libris do professor, carimbada nos livros que B pegava emprestado com ele, mas qual? "Por que você pensa nisso? Você nem vai estar aqui para ver o que vai ser do seu nome", Martin continuou mais tarde. "Todo mundo pensa nesse tipo de coisa", B retrucou. "Eu já vou ser razoavelmente feliz se eu conseguir terminar o curso de piano sem sequelas", Martin concluiu. Hoje, B não sente angústia com a história de não ser lembrado. Martin se lembrava dele? Não é sempre que B se lembra de Martin. E antes não havia dia em que não se falassem, e eram sempre vistos juntos, almoçando, bebendo, tocando. Como se chamava mesmo o restaurante que servia refeições quentinhas a poucas libras? B visitou o lugar há pouco tempo e encontrou lá outro estabelecimento chamado Bad Egg Café. Já se chamava assim na época? Uma amizade desenfreada, que poderiam chamar de *simbiótica*. B agora vê seus filhos, tão pequenos, já desenvolvendo amizades intensas com os amiguinhos, que às vezes vão dormir na sua casa. Aquelas relações em que as crianças nunca se desgrudam, e chegam até mesmo a desenvolver um vocabulário próprio. Brincadeiras seriíssimas, que só os pequenos conseguem ter. Quando está em casa, é B quem prepara o lanche e conversa com os amiguinhos das crianças. Ele sente orgulho ao ver que os filhos conquistaram aquelas amizades. Sua mulher costuma dizer que é a amizade, e não o amor romântico, a maior riqueza do ser humano. Assim como conversavam muito, B e Martin ficavam muito em silêncio, um silêncio pacífico, que B jamais tivera com ninguém, exceto com a mulher. Mas isso foi muitos anos depois. Martin foi o primeiro a ouvir como B se sentia naquele curso de regência em São Paulo. "Regente, você?", Martin riu. Não acreditava que B poderia ser um regente? "Não é isso. Você é um *monstro* no violão, seria um desperdício total de um músico brilhante se você inventasse de ser regente." Martin disse aquilo de maneira óbvia, como se o próprio B já devesse saber. As notas do primeiro semestre do curso de regência haviam sido ótimas, um desempenho ainda melhor do que ele esperava de si mesmo. Ao fazer a matrícula do segundo semestre, escolheria optativas em outros cursos, como história da arte e alguma disciplina genérica de teoria da literatura. Fontana argumentava em favor dos livros, dizendo que um músico deve dedicar à leitura o mesmo número de horas que dedica ao estudo do seu instrumento. B tentava levar aquele mandamento ao pé da letra: se estudava violão quatro horas por dia, passava as horas seguintes lendo. Nunca era equivalente, mas pelo menos ele tentava. Algum tempo depois, B descobriu que o autor daquele mandamento não era Fontana, mas o pianista Claudio Arrau. Tudo o que Fontana dizia parecia ter vindo de alguém. Quando estava a caminho da secretaria para realizar sua matrícula do segundo semestre, B foi interpelado por Fontana, que perguntou quais eram seus planos para a grade curricular. Tratou B com certa intimidade, mas mais que isso: *camaradagem*. "Quero que você faça uma disciplina minha no semestre que vem", disse. Era uma matéria do terceiro período, porém o professor achava que B estava pronto para cursá-la. Ao ver a lista de optativas, Fontana sugeriu que B deixasse para fazê-las depois, porque poderiam desviá-lo de seu objetivo. O professor sabia que B havia trancado piano complementar no semestre anterior. "Realmente, é preciso voltar ao piano", ele disse. "Você tem a vantagem de ter estudado um instrumento musical desde jovem, só tem a infelicidade de esse instrumento ser um violão." Por algumas semanas, B sentiu que os anos de estudo com Tubarão tinham sido perda de tempo. Como fora fraco! Deveria ter resistido, continuado estudando piano com a tia, aceitado as coisas que lhe eram oferecidas, engolido o medo e o orgulho. "Como seu professor soube que você trancou a disciplina de piano?", perguntou Martin. B nunca pensara sobre isso. Talvez os professores tivessem acesso às matrículas dos alunos. Talvez o próprio B tenha contado. Retornou ao piano complementar, mas essa segunda experiência foi ainda mais aborrecida. Ao longo daquele semestre, B foi muitas vezes ao gabinete do professor. Tinham longas conversas, nas quais B mais ouvia do que era escutado. Fontana sempre fazia perguntas muito pessoais, aproximando-se sem nunca perder altura. Perguntava se a família de B tinha alguma religião, como ele se relacionava com isso, se estava interessado em alguma garota, ou se já havia iniciado sua *vida sexual*. Pareciam, às vezes, perguntas técnicas. B respondia tudo, esforçando-se para driblar a própria falta de jeito. O professor falava de seus anos de estudo na Áustria: "Não é um bom país para se estudar regência; nem sequer é um bom país para se estudar música". Fontana dizia que, se B quisesse ser alguém, deveria ir para fora do Brasil e nunca mais voltar. Não havia futuro profissional naquele país de bárbaros, que se coloca como absolutamente musical, mas não compreende o que é a verdadeira música, recorda, olhando para o outro lado da rua e vendo que o supermercado do bairro ainda não está aberto. A informação sobre o horário de abertura do supermercado aos domingos está escondida em algum lugar da sua cabeça, mas B não consegue acessá-la. O cansaço. Quem pensa que a vida de um solista se resume a muito glamour, à glória do palco, não sabe das horas estudando em quartos de hotel, do sono perdido, da memória escapando nas coisas mais básicas.

Uma vida exigente, com saudade dos filhos, com saudade da esposa, com saudade de pessoas em países diferentes. Ele boceja. Caminha, no tempo da cachorra, em direção à padaria. Tem completo horror àquelas pessoas que vão puxando seus animais com impaciência ao andar na rua. Não: o passeio é da cachorra, não dele. O professor de regência puxava a guia, ditando as coisas que B deveria fazer para se tornar um músico de verdade. Mas o que significava ser um *músico de verdade*? Conquistar o mundo? Vencer, dominar, derrotar? Ao mesmo tempo que havia proximidade entre os dois, havia também repulsão. "O que ele fazia?", Martin perguntou. B não sabia expressar bem. Cobaia, vanguarda. A situação parecia tão irreal — a maneira como o professor gritava com os alunos, jogava pedaços de giz neles, dizia estar *profundamente decepcionado* com os resultados da turma. Mas era algo que todos viam com certo humor. "Ou o humor servia para disfarçar o desconforto", Martin sugeriu. Não havia saída. Toda semana um colega trancava a disciplina de Fontana, que, parecendo alegre diante do fato, dizia: "É a seleção natural, apenas os mais fortes sobrevivem na minha sala". B começou a achar que não havia saída. Aquele era o mundo da impossibilidade, o mundo que veria sendo narrado, anos depois, em *O náufrago*, de Bernhard, o mundo da mediocridade, do erro, da falsa glória, do desejo interditado. "O desejo interditado?", Martin perguntou. B não soube explicar. Até que ganhou seu primeiro concurso nacional de violão e aceitou que poderia ser um instrumentista. "Aceitou?", questionou Martin. "Não é a gente que escolhe, às vezes é a carreira que escolhe a gente", B respondeu. "Você acredita mesmo nisso?" Martin estava rindo dele ou queria saber honestamente no que ele acreditava? A cada dia, foi entendendo que o melhor a fazer era deixar o curso de regência e passar ao bacharelado em violão. Até que um dia B acordou com o alívio da resolução feita e decidiu ir até o gabinete de Fontana comunicar sua mudança de curso. Achou que seria uma conversa breve, tanto que nem chegou a se sentar na cadeira que o professor lhe havia indicado. Pego de surpresa, Fontana se levantou e empilhou tantas perguntas que B mal teve tempo de respondê-las. Pretensão de carreira, ideia de futuro, planos, repertório, todas feitas em um tom de voz muito diferente do usado em sala de aula. Se antes era impositivo e enérgico, naquele momento ele soava desacreditado. Até que, a certa altura, Fontana colocou a mão pesada no ombro de B, dizendo que não concordava completamente com sua decisão e que gostaria de que ele a repensasse, sem pressa, por alguns dias. Mas já estava decidido. Era uma das suas melhores fases com o violão, e queria se entregar a ele sem se preocupar com o curso de regência. Viu no rosto do professor uma espécie de devastação. B sentiu a urgência de sair daquela conversa, daquele gabinete, deixar o prédio, voltar para casa. Sem parar de falar, Fontana agarrou sua mão direita e disse que sempre achava bonitas as mãos dos violonistas, com as unhas grandes, e como as de B eram belas e limpas. Em seguida, o professor afastou uma mecha de cabelo do rosto de B. "Você é um jovem tão competente, tão cheio de talento, de carisma. Esse seu ímpeto lembra a mim mesmo, quando eu era mais jovem." Podia perceber o cheiro de cigarro no hálito do professor. Fontana aproximou o rosto da boca de B e o beijou. Petrificado, sentiu a língua do professor se chocar contra seus dentes travados. Ficou imóvel, resistindo ao abraço que viria depois, próximo demais, um oco nos ouvidos. Afastou-se. "Por favor", B pediu, ainda prostrado. Fontana afrouxou os braços, mas sem desistir de beijá-lo outra vez. Sorrindo, como se aquilo fosse uma brincadeira, o professor disse qualquer coisa sobre não ter medo. B pegou sua mochila, abriu a porta e saiu, caminhando no corredor o mais rápido que pôde. Antes de sair do prédio, deteve-se, pensou em voltar ao gabinete de Fontana e conversar. Dizer o quê, se ele tinha acabado de escapar de algo que não conhecia? Alguma coisa perigosa. Contou isso a Martin. Lembra-se de ter levado as mãos ao rosto quente, provavelmente muito vermelho. "Você nunca falou sobre isso com ninguém?", Martin questionou, e B sacudiu a cabeça, talvez porque nada precisasse ser dito. Tantas vezes esteve a ponto de contar aquilo para Graça... "Você deveria ter denunciado esse idiota, porque ele com certeza fez isso ou pior com outros alunos. Esse tipo de babaca nunca ataca uma pessoa só", Martin disse. O tom explosivo e ligeiro. Ainda pensava: e se tivesse cedido? Fontana era um homem que B admirava com profundidade, um semideus, que o tratava sempre de maneira tão confusa: ora paternalista, ora companheira, ora violenta, ora com uma rejeição ensaiada. Ambos eram adultos, mas B tinha apenas dezenove anos. O que sabem as pessoas de dezenove anos? Só estão ali, com medo, querendo impressionar. B se pergunta se ele mesmo, aos cinquenta e um anos, sendo levado pela guia da cachorra, entende alguma coisa do acontecimento. Ele contou a Martin o medo que sentiu durante o período de férias que precedeu o semestre seguinte, imaginando o que Fontana tramaria contra ele. Sabia de histórias que só eram possíveis nos feudos da universidade, nos conservatórios, nas academias; histórias de poder, de abuso, de chantagem. Em sua maioria, eram acontecimentos que vitimizavam as meninas, nunca soubera de outros casos envolvendo rapazes. Apenas o seu. Quando as aulas voltaram, B evitava passar perto da sala de Fontana, não se demorava muito nem mesmo na cantina e deixava de entrar no auditório se soubesse que o professor estaria lá. Chegou a sair, em pânico, de salas quando Fontana entrava. Depois a coisa arrefeceu, e passaram a agir como se nunca tivessem se cruzado. Sente ainda o frescor da humilhação, passados os anos. Os cheiros, a vergonha subindo de volta ao pescoço, o remorso. Em um canteiro, a cachorra finalmente decide fazer cocô, então B retira do bolso o saquinho plástico para recolhê-lo e jogar no lixo, já à porta da padaria. Que sorte tivera de encontrar Graça logo em seguida:

havia em torno de sua braveza uma espécie de proteção. Ela sabia — como sabia! — colocar limites. Pôr as pessoas em seus lugares, uma das principais lições que aprendeu com ela: a ser menos indefeso diante da música, diante das pessoas, diante do mundo. Graça, com seu temperamento aceso, sempre foi uma pessoa doce, muito gentil. Ele se sente mal por não ter denunciado — mas denunciar o quê? Como poderia falar disso? "Você sente culpa por ter *atraído* o seu professor, não sente?", Martin disse. "É como se eu tivesse feito algo que não deveria", B respondeu. Conduz a cachorra até a grade em que as pessoas amarram seus cães, abaixando-se para prender a guia. O cheiro de café na calçada, do pão assado. Ainda estava cedo, tudo vazio. Em algumas horas, a rua estaria cheia de crianças, cães, pessoas tomando médias e comendo pão na chapa; esse é o horário que a cachorra odeia, fica louca latindo sem parar. B diz a ela que vai levar apenas um minuto e acaricia suas orelhas antes de se erguer. O animal choraminga, late, e B olha para ela com carinho, até que a cachorra se resigna a deitar a cabeça sobre as patas. Ele entra na padaria percebendo que, depois de Fontana, nunca mais encontrou brutalidade nos professores. Pode ter sido em parte sorte, mas sabe que boa parte foi a malícia que Graça lhe dera: perceber e fugir. Estudando na academia, ouvira falar muito sobre as masterclasses de violão de Andrés Segovia nos anos 80, e chegou a conhecer gente que participou delas. Algumas pessoas diziam que as aulas de Segovia eram as mais inesquecíveis que fizeram, que saíram transformadas de lá. Mas havia outro tipo de relato. Segovia nunca foi professor, B pensa. Não era seu papel. Talvez por isso nunca teve medo de ser monstruoso ou se esforçou para dizer as coisas de forma positiva ou propositiva. Há um caso que ouviu com detalhes mais de uma vez. Diziam que Segovia, depois de escutar um rapaz promissor tocar, disse: "Meu filho, o som desse teu polegar é horrível! Corta esse dedo fora!". O moço saiu abalado da sala, e o organizador foi logo dizer a

Segovia quão chateado tinha ficado o rapaz. O violonista garantiu que falaria alguma coisa quando ele retornasse, e mal voltou teve de ouvir: "Menino, você aí que tem o polegar com som feio. Não corta ele fora, não, pode nascer um muito pior no lugar". Sandra não *suportava* ouvir falar de Segovia, inclusive brigou com B quando soube que estava lendo sua biografia. É claro que B tinha ciência do caráter do homem: além de ter apoiado Franco na ditadura que assolou a Espanha, havia sua mitomania descarada. Em um documentário, Segovia dá a entender que Manuel de Falla escrevera a peça *Homenaje* porque ele havia pedido, o que é uma farsa. *Homenaje* fora escrita para Miguel Llobet, o professor que Segovia ocultou atrás de um mito de autodidatismo. Roubava arranjos de Llobet, publicava como seus depois de mudar uma nota ou outra. Um legado reverenciável, claro, mas com um desvio de caráter profundo... A mística do gênio espontâneo. B tem horror a se apoiar nisso, pensa, dirigindo-se ao balcão da padaria, e entrega educadamente a cesta para que a atendente embale e pese os pães. Nas brigas com Sandra, B argumentava que era preciso fazer um esforço para entender as grandes personalidades: um homem que viveu em um mundo da música muito dominado por mentalidades ditatoriais, que cresceu entre guerras, no tempo de Mussolini, Hitler, Bismarck, Leopoldo II. Claro que não era justificável, mas seu contexto ainda estava contaminado por ideias colonialistas, e essas figuras absorviam tudo como esponjas. "Ou como espelhos", Sandra dizia, "nada justifica esse mau-caratismo." Havia um elemento segoviano no pai de Martin, que B percebeu quando foi conhecer a família do amigo. O homem tinha uma postura expandida de Segovia, como se fosse dono de cada pedaço de chão onde pisava. Fumava demais, bebia demais, conversava ora aos berros, ora resmungando. Ao visitá-los em Bath, B chegou carregando um guarda-chuva. Cumprimentou o amigo e, assim que estendeu educadamente a mão para o pai de Martin, ouviu-o dizer que guarda-chuva era coisa de mariquinhas. A mãe de Martin, por outro lado, era um doce de pessoa. Falava com uma voz aguda e suave, sempre gentil, perguntando se B estava com fome — e o empanturrava de comida, como faziam sua mãe e sua avó. Martin era crítico da situação, como se não fizesse parte dela: "Era por isso que eu não queria que você viesse aqui. Ainda bem que meu irmão não está. Ele é o pior de todos". Martin costumava ser vago sobre o irmão, contando apenas casos de brigas de bar, futebol, disputas infantis, bebedeiras perigosas e acidentes. "É um clichê", Martin disse, "sou o menino bom, ele é o menino mau." Mas B guarda boas lembranças das visitas a Bath — o tempo que passou com Martin, as conversas infinitas. Existia uma diferença de idade entre eles que, naquela época, não parecia tão suave. Eram o quê? Cinco, seis anos? O fato é que B estava perto dos trinta, enquanto Martin, próximo dos vinte. Quanto mais velho fica, mais B percebe como a maturidade é uma fatura flutuante e imprevisível. O que havia mesmo era uma grande diferença de personalidades. Conhecer profundamente uma pessoa. Só de olhar para ele, só de se falarem por telefone, B sabia quando Martin estava bem e quando não estava. O amor. O amor? Claro, amava-o; poderia dizer: amava-o como um irmão. Era uma mentira. Não amava sua irmã como amava Martin. Era outra coisa. O que era, então? Os pais de Martin tinham uma condição de vida para além do confortável, moravam em uma casa espaçosa. No escritório da mãe de Martin, havia uma bela coleção de livros de poesia, que ela teve a alegria de apresentar a B. Sentado numa poltrona ali, leu *The Hollow Men*, de Eliot, pela primeira vez, e ainda se lembra do desolamento que o poema produziu em seu corpo. Foi colocado para dormir no quarto do irmão ausente, o que era uma pena. Nos dias que antecederam a viagem, B nutriu a expectativa de dormir no mesmo quarto que o amigo, para que conversassem até dormir, como quando se é criança e se tem um melhor amigo.

108

Dormir no quarto de alguém que Martin parecia *odiar*, ao contrário, foi ruim, como se o mau sentimento ficasse gravado no papel de parede escuro, nas flâmulas do Arsenal, nas fotografias no quadro de cortiça, na cama larga. Na primeira noite em que dormiu lá, sentiu muito frio, apesar de ter usado todos os cobertores que a anfitriã lhe deixara. "Você é a pessoa que mais sente frio que eu conheço", disse o amigo no café da manhã, ao que sua mãe ralhou: "Ele vem de um lugar quente, e ainda não está acostumado ao frio daqui". De fato, B nunca se habituaria ao frio, e odiava viajar ao hemisfério norte de dezembro a fevereiro. A quantidade de roupas. Foi por isso que acabou voltando ao Brasil? Era um dos motivos, com certeza; não podia mentir que ficava alegre com a elevação da temperatura. A exaustão de ser o violonista brasileiro fora de sua terra natal, como uma ave rara atrás de uma vitrine iluminada. Queria ir para outros lugares. A mulher foi um dos maiores motivos para ficar, afinal. Conheceu-a pouco depois da volta, quando B ainda não sabia onde iria morar e estava cansado de não ter casa. Agora sente a exaustão bater outra vez, ao conferir se o tamanho daquele filtro na prateleira da padaria era 102 ou 103 — sempre se confunde e compra o número errado, e eles precisam coar café em um filtro pequeno demais, no maior cuidado, até a caixa acabar. Logo que voltou a São Paulo, morava em um apartamento emprestado. Não tinha móveis, só algumas malas, caixas de livros, partituras, fotografias e miudezas; precisaria erguer uma casa do nada. A cidade grande que ele conhecera anos antes tinha se transformado em outra, ainda maior. B deu um recital na Casa das Rosas, e um amigo de faculdade fez para ele uma recepção em sua casa. Pensou que seria algo íntimo, para pessoas que B conhecia e não encontrava havia tempos, como a própria Graça, mas o evento foi uma festa de verdade, cheio de figuras novas — o que foi bom, precisava restabelecer conexões na cidade. Aquela mulher alta, de óculos de lentes grossas, cabelos escuros presos em um coque elegante — ela parecia pertencer a outro tempo, mas B não sabia se ao passado ou ao futuro —, sentou-se ao seu lado e perguntou de maneira quase invasiva quantos concertos ele dava por ano. "Sei lá, uns sessenta, setenta", B respondeu. Ela o observava com muita curiosidade, os olhos pretos aumentados pelas lentes dos óculos. "Então você tem que passar por essa tortura setenta vezes por ano?" B riu — que deliciosa era a pureza daquela pergunta. A mulher continuou, abismada: "É mais de um concerto por semana!". B corrigiu: "Quase nunca é um por semana, normalmente são dez em um mês e nenhum no outro". "Pior ainda esse desequilíbrio", ela disse, entre a indignação e a graça. Ali estava a oportunidade para brincar, e B aproveitou-a: "É uma pena você ter achado meu concerto uma tortura". A mulher ficou sem graça, arregalando os olhos grandes. "Não, não, só estou dizendo que deve ser uma profissão muito difícil. O recital foi lindíssimo. Eu amo Scarlatti, e é sempre bom conhecer um novo intérprete ouvindo o Scarlatti dele." B perguntou se ela também trabalhava no meio da música. "Eu? Eu não! Sou tradutora." Durante a conversa, B descobriu que lera recentemente um livro traduzido por ela, que tinha pegado emprestado na casa onde estava ficando. *O deserto dos tártaros*, de Buzzati; nem se atentara ao nome da tradutora. "É por isso que eu me espanto com o seu trabalho", ela disse, "eu sou quase invisível, fico sempre nos bastidores, o que é bem confortável." Havia um ar de importância circunspecta em torno daquela mulher com suas roupas escuras, sua discrição. Durante todo o jantar, por mais que B se sentisse obrigado a dar atenção aos outros convivas, não conseguia se retirar de sua atmosfera. Nunca conheceu alguém que fizesse tão pouco ruído. Em casa, ela caminha silenciosamente, de forma que ele às vezes toma um susto ao percebê-la de repente ao seu lado. Nunca a ouve chegar, nunca a ouve sair, até mesmo as portas são fechadas com silêncio. De vez em quando ele a chama de *a invisível*, como provocação.

Até a caligrafia dela é suave, como se guardasse um segredo no meio da lista de compras que B agora tira do bolso para uma última conferida, resistindo em colocar os óculos para perto no rosto: queijo, leite. Pega-os depressa e se encaminha ao caixa da padaria. Dá bom-dia à atendente e passa as compras, colocando-as depois na sacola de lona que levava dobrada no bolso do jeans. Paga com o cartão e sai para buscar a cachorra, aflita com sua ausência. Quando as crianças nasceram, B sempre reclamava que a mulher deixava as coisas de casa acabarem, e ele tinha de comprar tudo em qualquer lugar logo que voltava de viagem. Assim foi até o dia em que a mulher viajou, deixou B sozinho com as crianças e ele pôde entender qual era o pesadelo pelo qual ela passava, o trabalho que era vigiar duas crianças pequenas sozinha. Ela nunca estudou música — não sabe nem as notas musicais propriamente, menos ainda música tonal, modal, atonal, e passa longe de conseguir ler uma partitura (que chama de *desenhozinhos*) —, mas gosta muito de ouvir. Vai aos concertos levando lencinhos de papel na bolsa, porque chora. Um ouvido, B compreende. Quando volta de uma turnê longa, sente que sai do eixo da vida, e é interessante reencontrar a mulher em casa, traduzindo documentos, traduzindo livros: outra forma de viagem. As diferenças e suas maneiras de estar no mundo. Quantas vezes, com as malas prontas, o violão separado para partir, B não sente uma vontade irracional de ficar em casa com ela? Sabe perfeitamente onde ela começa — suas tarefas, compromissos, necessidades —, e onde ele mesmo termina, e talvez por isso o casamento seja feliz. Desde o início, foi difícil saber onde Martin começava e onde B terminava. Quais pensamentos eram seus, quais eram de Martin? Às vezes ele flagrava Martin, sempre tão barulhento, por um momento calado, olhando-o e sorrindo, a clareza de sua satisfação. B se lembra sem saudades da segregação, e *segregação* não era uma palavra pesada para o que acontecia. Tudo era muito heterogêneo: pianistas com pianistas, violonistas com violonistas. O que acontecia quando, de repente, havia um violonista e um pianista grudados um no outro, impermeáveis aos seus grupos? Uma segregação privada, quase ilegal. Aquele meio violentamente heterossexual e masculino do violão não parecia aceitar que B se retirasse para passar um tempo com Martin. As piadinhas. B chegou a pensar se deveria, de alguma forma, moderar sua convivência com o amigo, mas bastava ouvir a voz de Martin chamando seu nome no fundo do corredor que B abriria mão de qualquer programa com os violonistas. Martin também tinha seus programas: frequentava, obviamente sem B, o Young London Gay Group — uma comunidade intelectual em que discutiam Oscar Wilde, viam filmes e os debatiam naquele pub meio underground em Charing Cross — e era próximo de outros músicos gays da academia. B ainda falha em compreender essa necessidade de formar grupos para tudo, inúmeros clubes do livro, o *Grupo de Apoio dos Gays e Lésbicas aos Mineiros*, *Clube de Apreciadores de Café*, gente que vai junto a concertos há quarenta e dois anos. Talvez por isso algumas democracias deem mais certo, pela capacidade de se organizar e se manter em organização. Sandra dizia isso, a capacidade de segregar. Não era só Martin que era ejetado do grupo de violonistas de B; B também tinha dificuldade de estar entre os amigos de Martin. Havia outra conversinha baixa, jocosa, uma criancice que B não esperava encontrar àquela altura da vida, mas que estaria presente em toda parte. Até agora. Sempre Martin-e-B, sempre B-e-Martin, se alguém estava procurando por um, perguntava ao outro. No fim, o importante era como se sentiam perfeitamente orgulhosos de estar juntos naquela amizade impenetrável. Martin era visto com outros rapazes, em outras ocasiões, e pouco falava com B sobre isso. Certa vez, ao entrar em um clube para encontrar o amigo, B foi barrado à porta pela recepcionista. "Você é gay?", ela perguntou, ao que ele respondeu "não". "Essa festa não é para você", ela disse. No dia seguinte, Martin perguntou por que ele não apareceu, e B apenas falou que não gostava daquelas festas. "Lembra que a gente prometeu ser sincero um com o outro sempre?", Martin sugeriu. "É tudo muito barulhento", B afirmou, e Martin pareceu ofendido. Por uma semana, ficou chamando B de *apolíneo* em um tom arrogante, que passou a ser engraçado. Ele tinha algo daquela rebeldia picante de Sandra: chamava seu professor de piano da academia de *Sua Alteza Real*, caçoava da mania de praticar esgrima que acometeu alguns colegas em certa época, chamava todas as harpistas de *fadas*. A brincadeira também estava no corpo. Houve uns meses de verão em que B e Martin deixaram o bigode crescer. Em casa há fotos disso. Martin era seu amuleto de sorte, B dizia. Nas viagens para concursos, Martin passou a acompanhá-lo: dividiam beliches em *hostels* sempre cheios de alemães e espanhóis, e depois aproveitavam para passear bastante. Era muito melhor do que viajar com os colegas violonistas. B ganhou dois primeiros lugares em concursos com uma diferença de meses, obtendo uma visibilidade instantânea e convites para tocar em vários lugares, o que era amplamente estimulado e tido em alta conta pela academia. Depois disso, até o tom de voz das pessoas mudou para falar com ele, e mesmo Carl passou a tratá-lo de forma diferente. Em uma livraria em Dublin, Martin e B viram, atrás de uma vitrine empoeirada, a rara primeira edição do *Ulisses* de Joyce, com sua belíssima capa azul. Era um livro que Martin amava e que B, até hoje, não leu. Talvez seja a hora, ele pensa, tem *Ulisses* em alguma parte da sua biblioteca, uma edição nova, mas nunca avançou mais que umas páginas. Por que isso? A linguagem enlouquecida? Era o romance que Martin tinha levado debaixo do braço ao aparecer certa vez à sua porta às onze da noite, com uma mochila. Mimi, que ainda estava acordada, atendeu. "Mimi, posso passar a noite aqui? Meu senhorio me expulsou!" Estava morrendo de rir, bêbado, ou tinha tomado mais alguma coisa? Mimi adorava Martin, e Arnau não estava mais morando com eles nessa época, então ele foi colocado no quarto vazio. Para a tristeza de B, nada de dividir quartos de novo. Poderia ter pedido que ele levasse o colchão para o seu quarto e que dormissem juntos? Não, impensável. Por quê? No dia seguinte, B ajudou o amigo a tirar suas coisas de seu quarto anterior. O senhorio o olhava com uma cara de desprezo e nojo, como se ele tivesse cometido uma imoralidade ou até mesmo um crime. "Eu vim para casa ontem à noite com um cara e esse infeliz enlouqueceu", Martin xingou, depois de bater a porta atrás de si. Por que ele não ficou no quarto vazio na casa de Mimi, mas preferiu mudar-se para o outro lado da cidade? Nada durou muito tempo, foram três ou quatro apartamentos em um ano. Um mal-estar vago rondou os dois depois desse fato. Martin estava diferente, agressivo, uma face que B ainda não conhecera: palavrões, crises de choro ou de ira, atrasos graves, brigas com pessoas aleatórias por motivos irrisórios. Martin parecia saber muito mais que B sobre as coisas do mundo, suas maldades. No começo de cada trimestre, decoravam rapidamente os horários e afazeres um do outro, sabiam em quais intervalos poderiam se encontrar e em quais dias da semana ficariam afastados. Quando poderiam caminhar, almoçar, quando viajariam juntos ou separados, quando dariam recitais. O humor de Martin só foi melhorar quando passaram a fazer natação juntos, e costumavam sair para beber em seguida. Depois, mudaram o horário da natação para a manhã, e se encontravam na piscina antes de correrem para a academia, após uma chuveirada que não os livrava do cheiro de cloro. O corpo de Martin, os pelos aloirados que subiam acima do calção... B afasta o pensamento. Além de não economizar na manteiga e no açúcar, será que foi a natação que engrossou seu corpo? B tira a guia da cachorra do gancho, e estão prontos para retomar a caminhada. Nem se quisesse, sua amizade com Martin poderia ser equilibrada. Era um frescor constante, uma renovação na loucura. É por isso que não vê mais sentido em falar com ele? Em enviar um e-mail? Promover um concerto de Martin no Brasil, rever um amigo: todas essas ideias parecem uma bobagem. Sussurrando, Martin perguntava sobre uma garota ou outra a B, mas esse tipo de conversa não rendia, informações inexatas, que despencavam em risinhos de desconforto. "Dormi na casa de Sandra hoje, por isso me atrasei", B disse certa vez ao chegar tarde na piscina, e Martin ficou bastante emburrado com aquele atraso específico. Depois de Martin, as moças que atraíam B não pareciam mais ser tão interessantes quanto eram havia dois, três anos, quando chegara a Londres. Claro que ele tinha seus encantamentos, mas eles não duravam tanto: ao fundo, um vácuo, uma espécie de chamado contrário, sufocado, um chiado incômodo, como um inseto que ronda a cabeça e zumbe, mas escapa tão rapidamente que não é possível descobrir a espécie do bicho. O rosto de Martin. "O que você está escondendo?" Cada dia uma desculpa para estar junto. Quando pararam de nadar? O contato com a água amolecia as unhas. B sempre teve unhas boas, mas o professor aconselhou a não entrar na piscina logo antes de estudar violão. Martin contou a B que fizera sexo várias vezes com homens que conhecia na piscina. Descobriu que o vestiário da piscina pública podia também ser um espaço de encontro entre homens. "Você não presta atenção no seu entorno", acusava Sandra. Um homem comum com medos estúpidos. "O que você está escondendo?" Cada dia uma desculpa para estarem juntos. Um homem que se lembra das coisas: a dificuldade de esquecer, a facilidade de lembrar, a facilidade de esquecer, a dificuldade de lembrar. B sente que há coisas impossíveis de desmanchar da memória: mesmo se quisesse, com muito esforço, jamais conseguiria esquecer como tocar *Lágrima*, do Tárrega. Pode tocá-la de cor a qualquer momento, do começo ao fim, no tempo correto, sem bater os olhos na partitura. Seu corpo sabe, não parece racional. Sandra caminhando ao seu lado, as reclamações que ela fazia. O grande problema dos músicos, Graça dizia, é a falta de substrato emocional: "Ninguém paga ingresso para ver só técnica. Se fosse assim, a gente pagaria para ver eletricista trabalhando". Mais de uma vez a professora disse isso, mais de uma vez B riu. De fato, certos músicos pareciam estar sempre tocando a mesma coisa, independentemente da música: o mesmo tom para uma sonata de Beethoven, o mesmo tom para uma sonata de Brahms, o mesmo tom para uma sonata de Scarlatti, o mesmo tom para Ravel. Mas como sair disso? Aquele mistério da música: a comoção. B passara por apenas um momento intenso de técnica, quando ainda estudava com Tubarão na sua cidade natal e ficou três meses sem encostar no repertório. Apenas exercícios. Foi um período maníaco, mas com um resultado vitalício: adquiriu uma facilidade para tocar que não existia antes. Ficava na cozinha, com sua mãe, todas as manhãs, fazendo os exercícios, e quando ele perguntou como ela *suportava* aquilo, ouviu: "Quanto mais você faz, mais parece ficar bonito". Se sente que perdeu alguma coisa na música, volta à técnica. A maneira mais simples de fazer certos gestos. Foi mais ou menos nessa época que seu violão Abreu finalmente chegou. B estava a alguns meses de prestar vestibular, portanto achava que ainda teria tempo para se entender com o violão novo antes da prova prática. O instrumento veio em um grande engradado de madeira, recheado de plástico-bolha. "As pessoas tratam os objetos delicados da mesma maneira que tratam os objetos perigosos", disse Tubarão, abrindo a caixa. Tinha esperado tanto tempo por seu violão, feito pelas mãos do próprio Sérgio Abreu, as expectativas eram sérias. Quando o pegou, em êxtase, e testou-o pela primeira vez, percebeu de imediato que, na verdade, seria uma luta. É que o violão Abreu tinha um temperamento sensível, perfeccionista e justo, capaz de fazer *exatamente* o que B comandava, de forma que ele se via obrigado a saber com rigor o que e como queria tocar. Todos os seus anos de graduação em São Paulo foram, de fato, uma batalha com — às vezes contra — seu próprio instrumento. B tinha dezessete anos, sem a habilidade ou a maturidade para modelar decisões claras e conscientes, por isso o violão estava sempre desafiando sua intenção. "Um violão bom é como um tema difícil. É difícil, por exemplo, falar do amor ou da morte sem ser perfeitamente banal, é necessário ter precisão." Quem disse isso? Graça ou Tubarão? Talvez os dois. O próprio violão ainda era muito jovem, cheirando a cola e verniz; também precisaria amadurecer. Só depois de uma década juntos B e seu violão pareceram se entender. Não, não era um simples entendimento, era mais que isso: eles se aceitaram *por completo*. Mas B teve essa percepção apenas em seu último ano em Londres. Graça enviara um e-mail pedindo que levasse um jovem luthier uruguaio, seu amigo, para conhecer os violões de um colecionador que morava em Wimbledon. Graça já fizera a ponte entre o luthier e o colecionador, mas ainda precisavam de um bom violonista para experimentar os instrumentos, de forma que o luthier pudesse ouvir e fazer suas anotações. O colecionador era um sujeito riquíssimo, que morava em uma grande casa branca de dois andares e tinha um quarto exclusivo para seus instrumentos, que ele aparentava não tocar. Ao longo da conversa, passaram pelas mãos de B vários Hauser, cópias de Torres. Tocou em violões do século XIX, do século XX, violões cheirando a novo, violões agredidos, violões restaurados, violões históricos. Recebendo e devolvendo vários instrumentos ao longo daquela tarde, B percebeu que seu violão Abreu, que lhe dera tanto trabalho, não devia nada àqueles outros. Poderia tocar em vários violões excelentes, mas alcançar o mesmo grau de intimidade e compreensão com outro instrumento parecia desnecessário. O verdadeiro companheirismo: B o conhecia perfeitamente bem, sendo capaz até de trocar as cordas dele com os olhos vendados. "Um homem de relações duradouras", a mulher costuma brincar. Ele ri sozinho seguindo a cachorra, que se vira e olha para ele, como se perguntasse qual é a graça. Claro, um violão precisa ter qualidade, mas, para além dessa qualidade abstrata, precisa ter vida e história. Inclusive, B pondera, isso pode até parecer uma dessas concepções românticas que Graça tanto o ensinou a evitar, mas os instrumentos se comportam como gente. São suscetíveis à umidade, ao frio, ao calor. Pensa no tampo do seu Abreu, com seus machucados produzidos pelas unhas, por quedas, com suas manchas, suas rachaduras remediadas. Assim como liga o umidificador de ar no quarto das crianças nos meses de inverno, B também coloca toalhas molhadas no escritório, onde ficam os violões. Estão dependurados nos ganchos que a mulher pregou com furadeira na parede forrada por um tecido de algodão costurado por sua sogra. "No fundo, eles gostam de tudo o que a gente gosta", disse a esposa com as mãos na cintura, enquanto B varria o pó de parede que restara no chão. Faz mal deixar um violão trancado no estojo o tempo todo: o ar não circula. E os acidentes doíam... Dói quando se lembra da história com os *Doze estudos* e Arnau... um mal-estar que não deixa de fazer com que ele encolha os ombros. Com as viagens para fazer recitais em Berlim, em Dublin, em Nantes, em Viena, não tinha sobrado tempo para gravar um disco. O público e os colegas cobravam: "Você ainda não gravou?". B sabe que tem uma tendência a adiar tudo. As pernas com varizes, uma cirurgia que ele ficava postergando. Parecia uma enfermidade tão feminina. Usava meias de compressão, massageava as pernas com o gel de arnica que a mulher comprava e ouvia os sermões do angiologista sobre viajar tanto de avião com as varizes naquele estado. Mas, quando fez sua primeira gravação, já era o tempo do CD — todos choramingavam o fim do vinil, do ritual de tirar o disco da capa e colocar no aparelho de som. Vinte e tantos anos depois, B ainda possui vitrola Gradiente e uma parede cheia de vinis, e realiza o ritual com seus filhos de escolher um disco, colocar para tocar e ficar olhando os encartes, sentados no tapete ou deitados na rede da varanda. Então aconteceu o recital, em Londres, em que recebeu o convite para gravar seu primeiro disco. Um sujeito baixinho, de braços muito peludos, se aproximou de B e enfiou um cartão no bolso de sua camisa. "Precisamos gravar esse Villa-Lobos aí", disse, antes de apertar sua mão e se retirar misteriosamente. Lendo o cartão, descobriu que o homem era dono de uma gravadora — naquela época era de fato complicado conseguir uma gravadora, sobretudo de música clássica. "Não acredito que você ainda não ligou para ele", censurou Sandra ao ver o cartão de visitas na mesa de cabeceira de B. Um momento precioso na memória: ela disse aquilo enquanto fechava o sutiã branco sobre os seios pequenos. Como ele tinha acabado de voltar de uma viagem longa, estavam com saudade um do outro. Naquele dia ela subiu até o segundo andar da casa de Mimi e foram direto para a cama. Não deveria esperar um pouco, uns dias, para ligar para o dono da gravadora? "O que eu digo a ele?", B perguntou a Sandra. E se B tivesse se confundido, deslumbrado com algum elogio, e achado que aquilo era uma promessa de gravação? Como a tia fazia. Pigarro, compromisso, humilhação, silêncio. As palavras do homem foram curtas, secas, claras e inacreditáveis. Em meio a todos os álbuns de fotografias no escritório, B sabe que há uma foto sua com o dono da gravadora do seu primeiro disco, que viria a produzir mais um disco seu antes de morrer. *Obra completa para violão solo de Heitor Villa-Lobos*, o nome do disco, sintético como um sumário, foi dado pelo dono da gravadora. B sabe que, na foto, está usando as calças bege que Sandra detestava, mais encorpado do que aquele jovem magrelo da fotografia à porta da casa de Mimi. Já tinha aquela mecha branca na frente do cabelo escuro. A cachorra segue apressada, como se a decisão de voltar para casa tivesse sido dela. Foi Sandra quem tirou aquela foto também? Lembra-se bem do dono da gravadora: um sujeito excêntrico, que exalava cheiro de alho e cigarro, tinha a cabeça calva por completo e uma barba muito espessa. Morreu de câncer no fígado. Ou de pâncreas? Algum desses órgãos amolecidos e essenciais. Qual era mesmo o sobrenome dele? Não se recorda de forma alguma. Adams, Douglas, algo assim — ou esses eram sobrenomes de atores de filmes americanos? Chamavam-no de Benjy, ele assinava apenas Benjy. Era um homem corporalmente espaçoso, sentava-se com as pernas abertas, e B não podia deixar de observar, inquieto e constrangido, o volume excessivo que ele tinha na virilha. Nem parecia real. As pessoas notavam isso? Diziam que era muitíssimo rico, um grande mecenas das artes. De fato, o pagamento que recebeu pelo disco foi polpudo na época. Como pode uma pessoa morrer e desaparecer assim? Quando estava se preparando para gravar o Villa, B tocava os *Doze estudos* quase todas as manhãs, logo depois de acordar. Antes de estabelecer esse hábito, certificou-se de que Arnau e Mimi não se incomodariam. Os dois, na verdade, acharam uma boa ideia e incentivaram B. Chegaram, inclusive, a se sentar para ouvir tudo mais de uma vez e fizeram alguns comentários essenciais para o trabalho. Talvez os de Mimi tenham sido melhores — o colega tinha vários problemas de escuta que B jamais poderia denunciar em voz alta, se não quisesse apanhar. Arnau era uma montanha-russa: às vezes se isolava, sumia, guardava um silêncio agressivo ou respondia a todos com resmungos, irritável, disruptivo, exigente; às vezes estava feliz e sociável; às vezes estava calmo e recolhido. Depois de algumas semanas nessa rotina, Arnau abriu a porta enquanto B tocava os *Estudos* e começou a discutir com ele, dizendo que ninguém aguentava mais aquela música brasileira de bosta. B tentou argumentar de forma razoável, até que Arnau, num gesto inesperado, deu-lhe um empurrão, e a cadeira onde estava sentado virou. O primeiro gesto de B foi agarrar com força o violão, mas o instrumento escorregou e bateu com a base no carpete. Arnau saiu pisando duro e B foi logo ver o estado de seu Abreu depois da queda: a pancada

120

gerou uma rachadura comprida ao pé do tampo em direção às cordas, atravessando a barra do cavalete. Poucas vezes B teve uma sensação tão horrenda como aquela: tinha falhado em fazer o mínimo, que era cuidar do seu violão. Foi a primeira vez que viu Mimi brigando com alguém que não fosse a imagem de Thatcher na tevê ou o radialista, gritando com Arnau sobre respeito e civilidade, até que o colega deixou a casa batendo a porta da sala atrás de si. Com a cabeça doendo do baque contra o chão, B foi direto para o ateliê de seu luthier. Era um profissional que se gabava de ter visto e consertado toda espécie de acidente; inclusive declarava ter conseguido reparar um violão que havia levado um tiro. Ao examinar o Abreu de B e ouvir o que tinha acontecido, o luthier bufou e disse que foi uma senhora pancada, que ele tivera *sorte* de o violão ter caído sobre o carpete, ou o estrago seria ainda pior. O homem explicou a B que as rachaduras na base do tampo tendem a seguir no veio da madeira e parar no cavalete. Essa havia chegado até a metade do instrumento. "Qualquer coisa, é só arrancar o tampo e colocar um novo", disse o luthier, como se não fosse nada. B entrou em pânico: trocar o tampo de um violão é trocar sua alma. O maior medo de B era que seu instrumento perdesse a identidade e que todo o trabalho de se haver com ele fosse reiniciado — a morte de um companheiro, enfim. O luthier, no entanto, colou a rachadura e resolveu o problema de maneira definitiva. Tanto drama, e uma solução daquelas? E ainda trouxe uma surpresa: o instrumento soava *melhor* do que antes do acidente. De súbito, o violão de B parecia ter desenvolvido uma complexidade de timbre, além de dar respostas *mais claras*, muito mais *elaboradas*, e tudo parecia soar mais harmônico, como se as cordas se comunicassem melhor entre si, sem perder suas características próprias. Certo, o luthier diria que aquele era um efeito comum: rachaduras reparadas podiam dar mais estabilidade ao instrumento. De todo modo, era um alívio: poderia gravar o Villa-Lobos com seu próprio violão. Quanto sufoco. Quando voltou para a casa de Mimi, as coisas de Arnau não estavam mais lá, e o colega lhe deixara um envelope com muitas libras dentro. "Para pagar o conserto", Mimi disse, quase como se ela mesma estivesse se desculpando. Era mais dinheiro do que o cobrado pelo luthier. Arnau nunca chegou a fazer um pedido de desculpas verbal: apenas apertaram as mãos na próxima vez que se encontraram na academia. Por que ele era daquele jeito? Já parecia uma anomalia ele ser um violonista catalão na Inglaterra — por que não tinha ficado na Espanha? Sobretudo, não era a Espanha o país detentor da cultura do violão? Era, sim, a ponto de ter lendas sobre isso: dizia-se, durante a Guerra Civil Espanhola, que não se podia atirar em uma pessoa que estivesse carregando um violão, pelo menos não antes que essa pessoa tocasse para você. A Inglaterra do século XIX, em contraponto, chegou a ser chamada de *a ilha sem música*, então o que Arnau estava fazendo ali? Parecia estar vivendo contra a própria vontade, como se estivesse *obrigado* a ficar preso ali com seu violão... Tinha problemas graves até com Carl, que era um doce de pessoa, além de ser um professor brilhante. A cachorra, que vai sempre na frente, empaca: late para o vazio. Olhando bem, não é o vazio: do outro lado da rua, uma senhora passeia com um par de labradores. B segura com firmeza a guia da cachorra: ainda não sabe se ela vai ter medo deles ou se vai querer correr naquela direção. Ele não tem muita certeza de como interagir com os donos de outros cachorros, se dá bom-dia, se pode fazer algum comentário sobre a raça ou falta de raça dos animais, suas idades, seus nomes, o tempo frio ou quente. Os labradores também latem, a cachorra agora se retrai. Se vai sentir medo, por que faz isso? Ignorando B, a senhora dos labradores segue, indiferente. "Vamos", B diz, e a cachorra volta ao caminho de casa. Claro, Carl era um excelente professor, mas B não pode mentir para si mesmo. Falara a poucas pessoas que sentia falta de algo, um lastro. Ter aulas com ele era como tomar várias e excelentes cervejas de estômago vazio. Um excesso que se dá pela falta de base. Mas não era a melhor escola de música do mundo? Sim, era! B nunca evoluiu como evoluíra ali. Mas sempre faltou *alguma coisa*. Mesmo tendo tantos professores incríveis em Londres, mesmo estando em uma das maiores cidades do mundo, com uma gigantesca oferta de concertos e interlocuções, sentia-se isolado e com a obrigação de crescer sozinho. Por sorte, tinha Martin, Sandra, os colegas, mas mesmo assim... sentia-se isolado? Foi por isso que retornou ao Brasil? Por isso e mais um milhão de motivos. Olha à frente: já estão perto de casa, a volta sempre parece mais curta que a ida. Apenas alguns dias após a agressão na casa de Mimi, Fernando Santiago, que havia sido professor de Arnau na Espanha, veio dar uma masterclass na academia. B não sabia se deveria assistir ou não: ainda estava com raiva. Quando viu Arnau e Santiago se cumprimentando na entrada da academia, Martin disse a B: "Não vai empurrar seu professor também não, seu filho da puta?", riram. Cedeu, entrou no auditório e viu Arnau tocando Bach. BWV *999*, ou *998*, ou *997*, *996*, qual? Não lembra. Arnau começou a tocar, errou ainda no início e pediu para começar de novo. "Tudo bem", disse o professor. O catalão começou de novo e errou no meio da peça. Em vez de engolir o erro (uma expressão usada por Tubarão) e seguir em frente, como se nada tivesse acontecido, Arnau parou, enervado, o rosto moreno todo vermelho. Suava. "Está tudo bem", disse Santiago. Arnau sussurrou alguma coisa em espanhol, se levantou, deixando o violão na cadeira, e saiu. "Vamos dar um tempo a ele", disse o professor, e todos aguardaram, entre cochichos. Retornando ao palco dez minutos depois, Arnau recomeçou. Ao fim da peça cometeu um erro quase imperceptível e se levantou de forma abrupta, chutando o banquinho e largando o violão no chão do palco antes de sair. Ouviu-se um "oh!" consternado e sonoro de todos diante do impacto do violão batendo na madeira, e o instrumento se tornou a vítima do acontecimento, como quando uma criança cai e todos a sufocam com cuidados. Nisso, Arnau sumiu. Era seu modo de agir: sumia e deixava o caos; quando as coisas se acalmavam, ele retornava como se não tivesse feito nada, como se não tivesse acontecido nada. B nunca soube o que ocorreu depois — além de incrédulos, estavam todos bravos. Ah, se tivesse acontecido durante a aula de Graça, ela teria sabido o que fazer. Carl dissolveu a bagunça com pouca segurança: "Vamos continuar nossos estudos, por favor". Um colega acolheu o violão de Arnau e o devolveu ao estojo, deixando-o em um canto da sala. Aquele fantasma ficou ali durante o resto da masterclass, assombrando os presentes. Ninguém conseguiu tocar de modo completamente estável... e ninguém mais voltou ao assunto, um delírio coletivo a ser esquecido. Claro que B reclamou disso para Martin. "Amamos tanto a privacidade que achamos bonito isso de sofrer sozinho", o amigo disse. "Veja só seu professor: ele está desorientado, não sabe o que fazer, você mesmo disse que ele trata o Arnau com uma bandeja de prata. Na minha opinião, ele deveria ter sido expulso." Depois desse acontecimento, Arnau passou algumas semanas em Barcelona, retornando apenas no trimestre seguinte, mais calado, emburrado, mas tocando ainda melhor. Durante o verão, B teve de aparar o gramado de Mimi duas vezes, porque Arnau e ele costumavam se revezar na tarefa. Até hoje, B tem medo de agir como Arnau agia. Muito provavelmente, durante a gravação do disco de Villa-Lobos, B se colocou em uma posição de arrogância porque estava com medo. Antes de começar, achou que fazer um disco seria mais fácil do que um concerto, afinal teria a oportunidade de tocar, ouvir o que tinha tocado e refazer as partes ruins. Chegou ao estúdio confiante, com o repertório todo muito bem estudado, e começou. Mas o som não estava saindo bom, as unhas, que estavam perfeitas no dia anterior e que tinham sido lixadas com cuidado de manhã, não ficavam boas, pareciam de repente compridas demais, como se tivessem crescido de um minuto para o outro. Lixava, lixava, e não ficavam boas, e de repente as tinha lixado demais, e nada do que fazia estava saindo como o planejado. Começou a esbarrar em qualquer coisa. Depois do primeiro *Prelúdio*, foi para a cabine ouvir o que tinham conseguido e achou deplorável: não era assim que pensava a música. O tempo de estúdio foi passando e ele já tinha gastado quatro horas em apenas dois *Prelúdios*. O nervosismo se instalou, as mãos suavam, sua respiração não voltava ao normal, e B se viu tendo de segurar a emoção, fingindo estar seguro. Reconheceria aquele nervosismo sempre que colocasse o pé em um estúdio, até hoje, aos cinquenta e um anos. Talvez por isso ainda preferisse os concertos às gravações. Cada concerto sai de um jeito: por mais que se dedique a ter uma ideia fixa sobre uma interpretação, há mudanças de rumo, as emoções se diferem, os espaços se diferem, a própria vida vai entrando no caminho. É muito mais natural. Um disco, ao contrário, é uma decisão congelada. As gravações o assustam por serem a maneira pela qual um intérprete pode guardar o que tem de melhor, uma visão individual a respeito das músicas, um ponto-final — assim está registrado, assim fica enquanto durar o tempo. *Ou até se tornar ruína*, recorda o passeio às termas romanas com Martin. A ideia de que o trabalho com uma música possa ser finalizado é quase aberrante: um erro de decisão e adeus. Portanto, o tempo de estúdio *é sempre* um sufoco. Todo o repertório muito bem estudado por meses tinha de estar perfeito em três, quatro dias. Pior ainda era o zás-trás de quando havia uma gravação com orquestra, e tudo precisava ser feito em um dia. Transforma a angústia em necessidade de controle: quando pode, trabalha ao lado dos produtores de seus discos, ouvindo repetidas vezes o que tocou antes de a gravação sair e participando muito da escolha dos *takes* a serem usados. Nos concertos, ao contrário, ele até pode chegar nervoso, mas vai se tranquilizando enquanto progride, e depois que a música acaba não fica mais que uma memória. Na maioria das vezes, uma sensação de dever cumprido. Quando não há registro, a coisa se perde no tempo, porque música é tempo. A parte boa disso tudo foi ter Martin para acompanhá-lo durante as gravações do Villa-Lobos. O amigo estava lá, como uma espécie de guarda-costas emocional, que depois levaria B — descabelado, exausto e faminto — para comer e beber. "Você pode segurar a pose de violonista virtuoso como quiser, mas eu sei *exatamente* como você está se sentindo, está transparente nos seus olhos", Martin disse. Havia aquelas coisas sobre as quais ele e Martin *jamais* falavam, que estavam lá, mas que não podiam ser ditas. Mesmo depois de anos, mesmo ele sendo um homem agora casado, com dois filhos, muitos concertos na agenda e reconhecimento internacional, B mal consegue pensar nelas sem sofrer. Como no dia em que queriam dar um susto em Sandra. Isso tudo agora parecia tão idiota, tão infantil. Por quê? Sandra adorava assustar as pessoas, armar umas pegadinhas, era a pior parte de sua personalidade. Talvez o sumiço de Sandra tenha sido sua brincadeira final, sumir assim, de forma misteriosa, sem se despedir. Ah, claro que Martin fizera parte do Clube do Choro! Ele também amava *O corta-jaca*. Aguardando em frente a uma árvore que a cachorra farejava longa e profundamente, B sente seus olhos se encherem de lágrimas. Tocaram por um tempo naquele pub onde havia um piano, mas durou pouquíssimo tempo, porque as meninas do Clube do Choro detestavam o dono do estabelecimento. Era ele quem atrasava os pagamentos? Não, esse era outro. Talvez o tarado. Pouco tempo depois, B parou de tocar com o Clube do Choro porque começou a viajar demais. Ele e Martin tinham chegado cedo, estavam só os dois dentro do bar, conversando, quando B viu Sandra abrindo a porta de vidro da calçada. Num impulso, B puxou Martin pelo braço e o arrastou para o quartinho que ficava atrás do piano, fechando-se lá dentro. Era um quartinho — na verdade, estava mais para uma dispensa — cheio de caixas, barris, material de limpeza e outras quinquilharias. O espaço tinha um cheiro rançoso de gordura velha misturada a sabão perfumado, e o teto era baixo a ponto de B ter de ficar um pouco envergado. Mas Martin, com sua pouca altura, cabia bem. Por um momento, o silêncio: Sandra provavelmente estava tirando a mochila e o casaco. Depois, o barulho dos passos dela atravessando o piso de madeira, parando junto ao piano. Havia uma janela pequena e empoeirada no alto do quartinho, por onde entrava um fio de luz dourada no rosto de Martin. Com a pupila contraída, B percebeu como seus olhos tinham tons de verde um diferente do outro. Tão perto, B podia ver as sardas no rosto dele, uns cravinhos escuros sobre o nariz, a barba loira malfeita nas bochechas. Deveriam sair para dar um susto em Sandra, mas ficaram ali, parados. B não tinha mais vontade de rir, mas o desejo de abraçar o amigo, procurar outras manchas escondidas em outras partes, observar a ponto de se lembrar de tudo depois. Um dos dois avançou. Qual? A pele era suave, o cheiro era bom, mas havia uma estranheza naqueles fios de barba em torno da boca que ele beijava, uma excitação delicada, mas ainda assim uma excitação, com sua delícia, sua glória. Depois, B afastou a cabeça, assustado. Seu primeiro pensamento o surpreendeu: Martin era muito amigo de Sandra, não podia fazer isso com ela, parecia desleal. Mas o amigo sorria como se não houvesse nada de errado. Em seguida, Martin abriu a porta e deu um salto, gritando, o que fez Sandra derrubar a pasta de partituras, que se espalharam pelo piso engordurado. B se recompõe. Chorar ali no meio da rua? Exorta a cachorra a seguir pelo caminho, a alguns metros do portão. Cogita que Sandra pode ter se afastado dele repentinamente por causa de seu envolvimento com Martin. Mas, posta em perspectiva, aquela situação no quartinho do pub não significava nada. Sandra, a libertária. A iniciação sexual de B — se era assim que se chamava aquilo — não tinha começado na solidão do quarto ou do banheiro. Havia alguma coisa gregária entre os meninos da escola e do bairro: as fotografias de mulheres nuas, afanadas dos pais, os contos eróticos que alguém recortava de revistas, os manuais de anatomia, as histórias e a imaginação. Espiar uma moça tomando banho pela fechadura. Por outro lado, havia a cartilha da igreja, com suas proibições: deviam gostar de meninas, nunca de meninos, o sexo era sagrado, capaz de gerar filhos, e só devia ser feito após o casamento. A masturbação podia causar anomalias e doenças graves: fazer nascer cabelo na mão, criar pústulas na pele, fazer cair o saco; até mesmo a morte por esgotamento entrava nessa lista. Contudo, não havia pressão para que B fosse à missa, a própria mãe não se interessava muito. Ela ainda diz "Deus tem mais o que fazer" quando depara com alguma questão de crença. Havia uma competição entre os garotos, B ainda nem era um adolescente quando assistiu algumas vezes ao campeonato de quem se masturbava e ejaculava mais longe. Havia uma diferença entre a competição de cuspe e mijo à distância, mas ninguém discutia esse aspecto. Para B, secretamente, o mesmo frenesi que havia nas revistas de mulheres nuas era deflagrado pelos garotos que as compartilhavam. Tudo era capaz de excitá-lo: as mãos, as bocas, os cheiros dos meninos e das meninas. Depois de um desses jogos, um dos garotos mais velhos disse que B ficava olhando para o pinto dos outros meninos. Pau, pinto, peru, como chamavam? Já existia nessa época o xingamento manja-rola? Uma coisa que nasce para fora do corpo. Todos olhavam, chegavam a comparar, mas por que só ele foi acusado disso? Teria olhado de forma errada? A brincadeira acabou quando alguém disse que aquilo era coisa de boiola. Alguns daqueles meninos eram levados ao bordel pelos pais, e isso era um assunto cochichado entre eles com um interesse que parecia falso a B, de quem se gaba de ter cumprido um trabalho que na verdade não gostaria de ter feito. Ainda bem que seu pai nunca fizera isso, aquela brutalidade nem chegara a ser um assunto em sua casa. Em Londres, sentia-se tímido demais para fazer parte do espírito do tempo. Martin foi morar em Brixton depois de ter sido expulso pelo seu senhorio. Dizia-se: "Brixton é perigoso". Uma idiotice. Hoje, está tudo gentrificado. Uma das bibliotecárias da academia — que curiosamente também se chamava Sandra — morava em Brixton, e era filha ou neta de jamaicanos. Ela às vezes conversava com os estudantes sobre os Brixton Riots, que tinham acontecido pouco tempo atrás, diante do abuso policial contra pessoas pretas. Mais de uma vez B foi com Sandra, sua amiga (sim, era sua amiga, que mais seria?), comer em um restaurante escondido em Brixton, cujo menu era ditado por um jovem de postura superior — B ensaiaria ter essa postura no palco — e sempre muito bem-vestido. A comida era excelente, saborosa, e B se viu emocionado em frente a uma tigela de um cozido fumegante de frango com leite de coco e verduras. B contou isso à outra Sandra, a bibliotecária. Disse a ela: "Brixton é tão legal, poxa, eu não sei por que as pessoas ficam falando que lá é perigoso". Sandra ajeitou o lencinho de seda que costumava levar amarrado ao pescoço elegante e respondeu: "É só porque lá, quando as pessoas não estão satisfeitas, elas vão para a rua e quebram tudo. Vocês também tinham que aprender isso". Deu um sorrisinho e continuou: "Não é perigoso. Basta você ser legal". B esfrega os olhos marejados antes de atravessar a rua em direção à portaria do prédio. Um casal de vizinhos está saindo para fazer uma caminhada. A mulher de B, uma grande espiã da vida alheia, diz que tudo a respeito deles é enfadonho: um é contador, o outro, arquiteto, e aos poucos parecia que iam ficando cada dia mais semelhantes, a ponto de B ter confundido os dois algumas vezes. B, embora entenda o ponto da mulher, gosta muito deles. O casal tem um cachorro vira-lata meio idoso, totalmente cego (do qual a cachorra de B tem pavor, apesar da evidente falta de perigo), de forma que B sempre se vê falando com eles a respeito dos respectivos cães: o melhor e o pior pet shop do bairro, vacinas, rações, problemas de saúde, sofrimentos dos bichos por causa de fogos de artifício e foguetes barulhentos, caminhadas. De fato, B deixou de levar a cachorra a um pet shop só porque os dois contaram que uma das atendentes do local era grossa com os animais. Como ignorar uma coisa dessas? Cumprimenta os vizinhos, que brincam um pouco com a cachorra, agachando--se para tomar lambidas no rosto. B então repete o que diz a eles toda vez: "Ela não gosta de ninguém, mas adora vocês". O conforto da repetição. Não está mais com vontade de chorar, ainda bem; seria humilhante se o casal percebesse aquilo. B solta a guia e deixa que a cachorra suba livre os degraus de entrada do prédio. Está recomposto agora. Por onde andaria Sandra, a bibliotecária? Nas suas últimas idas a Londres, visitou a academia e perguntou por ela. Ninguém sabia, ninguém sequer se lembrava de uma Sandra da biblioteca. Talvez desaparecer seja o mal das Sandras. Sandra, a bibliotecária, tinha aquela postura sempre arisca. Por mais que ela fosse adorável e muito educada — chamava B de *love*, mas isso não era seu privilégio exclusivo: Sandra chamava muitos assim, até mesmo as pessoas que ela detestava, só que em um tom distinto —, e tivesse até mesmo assistido a dois recitais de B, seu rosto carregava uma expressão constante de enfado. Sem saber, aquela Sandra ensinou a B uma grande lição: não desperdiçar tanta energia só para tentar agradar os outros. Arnau tivera suas diferenças com aquela Sandra também, que parecia detestá-lo. Até ela... Arnau criticava Carl: acusava-o de ser *teórico demais*, de abstrair demais, enquanto dizia de si mesmo ser um violonista mais intuitivo; mais artístico, portanto. B recorda agora que corria, sim, um boato de que Arnau se mudara de Barcelona para Londres por problemas familiares... mas então o que ele foi fazer em Barcelona depois daquele surto na masterclass? Arnau depreciava os músicos espanhóis, dizendo que todos tocavam da mesma maneira. Na verdade, B assimila enquanto sobe as escadas devagar, Arnau reclamava de tudo. Não sabia escutar — escutar em tantos sentidos —, como muitos outros músicos e estudantes que B encontraria durante a sua carreira. Um músico que não escuta! Era tão óbvio que Arnau também teria problemas com Julian Bream... mas B soube disso por terceiros, algo que ocorrera um ano antes de sua entrada na academia. B gosta da imagem de Julian Bream, as fotografias e as filmagens que havia desse violonista, que era *showman* e virtuoso em partes iguais. Sentia-se sobretudo atraído pelas fotos do jovem Bream: um olhar sagaz, brilhante e profundo, que o violonista conservaria até o fim. De fato, da última vez que B vira Bream, ele estava bastante velho e razoavelmente debilitado, apoiando-se em uma bengala para ficar em pé, mas ainda assim conservava seu lampejo de vida transbordante nos olhos. Aquela foto de Bream quando criança... certas crianças possuem um aspecto maduro. Nessa fotografia, aquilo era extremo, como se nos olhos e no sorriso ele já carregasse todo o engenho e a intelecção de um adulto. Era um sorriso constante e com algo de enganador, como se seu rosto obedecesse ao molde da máscara alegre da comédia grega, como se o sorriso fosse também um de seus muitos tiques. Bream nunca parecia sério, mas animado de um modo traiçoeiro, como se estivesse acima de tudo. Pelo menos era a impressão de B, que podia estar errada. O aspecto sempre pensativo das sobrancelhas... B ama em especial uma fotografia do jovem Bream datada do fim dos anos cinquenta, em preto e branco. Aquele jovem adulto de pé sobre um gramado, em frente a um casarão de paredes externas cobertas de hera, seu corpo largo, mas atlético — *atlético*, que palavra vaga, pensa ao chegar ao topo das escadas do primeiro andar. B pega as chaves de casa no bolso e destranca a porta da cozinha. Na imagem, Bream veste uma camisa clara, com as mangas dobradas acima dos antebraços fortes, enfiada no cós da calça social ajustada, sem cinto. Parece mais um trabalhador, não um artista, pelo menos não um artista como o senso comum imagina... Bream leva o violão embaixo do braço direito. Na mão esquerda, um maço de folhas de papel, provavelmente partituras, e um relógio no pulso. O peso do corpo está jogado sobre a perna esquerda, colocada um pouco atrás da direita, e o sol bate em cheio em seu rosto, olhos apertados e sobrancelhas franzidas, formando uma ruga tensionada no centro da testa. O cabelo está penteado para trás. Por um tempo, enquanto morava em Londres, B cortava e penteava o cabelo daquele jeito, maior no topo, mais curto na nuca. Bream, com a cabeça um pouco tombada para a esquerda, parece questionar (ou chamar para uma briga) aquele que o observa. A simplicidade de Bream e a simplicidade do instrumento, não mais que seis cordas e uma caixa de ressonância. "Um instrumento de dois mundos", Martin disse uma vez, "como você mesmo sempre parece ocupar dois mundos." Como Martin ousou dizer aquilo? Bream, o grande herói do violão — a maioria dos seus colegas ou imitava seu exemplo ou resistia a ele. Talvez por causa daquela fotografia, B se assustou muito quando viu Julian Bream pela primeira vez, em 1989: o violonista já era um senhor aos cinquenta e seis anos. Se bem que o Bream dos anos 70 já era consideravelmente calvo, sustentando costeletas que desapareceram nos anos 80, quando ficou quase sem cabelo. As mãos manchadas do mestre talvez tenham sido o maior impacto, ação do sol, da idade... B sente que foi a primeira vez que testemunhou a passagem do tempo na carne de um homem. Apesar de estar agora vivendo isolado em Devon, Julian Bream mantém uma conexão com a comunidade violonística: vai a Londres dar masterclasses aos alunos da academia algumas vezes por ano e seleciona um estudante de violão para ser o vencedor do prêmio anual que leva seu nome, e do qual Bream é o único jurado. B participava do concurso quando podia, também ia às masterclasses. Nunca se sentiu mais nervoso que isto: estar diante de Julian Bream, tocando para ele. O máximo que conseguiu foi um segundo lugar, sua sina. Bream não era conhecido por sua suavidade, ao contrário: B poderia usar eufemismos, mas diria que *temperamental* ou *impaciente* eram adjetivos fracos para descrevê-lo. Não chega a faltar com educação, mas tem uma personalidade *pontiaguda*, altiva, presente. B sabe que as idas de Bream à academia denotam uma generosidade sem tamanho, a despeito de sua aparente distância emocional. Um músico controlador, comprometido com o que faz: nada podia ser maior que a música. Até hoje, com mais de oitenta anos, Bream ainda coloca alguém sob sua asa de vez em quando, recebendo jovens violonistas em sua casa para aulas particulares. Certa vez, B conheceu um rapaz escocês que tivera o privilégio dessas reuniões com Bream, e esse sujeito contava tudo em detalhes a quem perguntasse, fazendo questão de reclamar que o violonista nunca deixava ninguém se aproximar dele de verdade. Nunca sequer oferecia um chá. Era uma expectativa de amizade que esse jovem tinha? A vida de Julian Bream parece ser tão cheia de acidentes, B reflete enquanto dá passagem para a cachorra. Entra em casa atrás dela e tranca a porta. Em seguida, enche de água a tigela da cachorra e serve para si um copo d'água do filtro de barro, bebendo-o em dois goles: estava com sede e não percebeu. Bream abdicou dos palcos após ser empurrado ao chão pelo cachorro do vizinho, machucando a mão e quebrando o quadril. Vários acidentes para Julian Bream: a batida de carro nos anos 70 (ou 80? B não tem muita certeza) e depois o acidente com o cachorro, que forçou sua aposentadoria. Tinha dores no corpo? Quando um artista deixa de exercer sua arte em público, é como se fosse sua primeira morte, B pensa. Lembra-se de uma frase de Bream ao se aposentar: "Não há tristeza em não tocar mais. A única coisa que me incomoda é que sei que sou um músico melhor do que eu era, mas não tenho como provar isso". O que quer dizer *músico melhor*? E faria sentido provar isso, de qualquer forma? Era uma ironia? Martin costumava rir de B por quase nunca compreender ironias. B chorou a primeira morte de Bream: nunca mais ouviria a pancada que era o som dele ao vivo. Sabe que vai chorar na ocasião da próxima morte, quando ela acontecer, e sabe que, ao redor do mundo, compositores e violonistas estão preparando réquiens em homenagem a Julian Bream; estranho seria se não estivessem preparados para tamanha perda, uma vez que não existe nada que salve as pessoas do envelhecimento. Na casa de B, não há sinal de que alguém esteja acordado. Ontem, quando chegou de viagem, as crianças dormiam. As crianças dormem muito e bem. Por mais que saiba que o sono de uma pessoa pode ser uma loteria, B tem orgulho daquela habilidade de seus filhos: era como se tivesse ensinado a eles algo que ele mesmo não sabe fazer. Na noite anterior, deixou a mala de viagem ali na lavanderia e foi direto tomar um banho antes de se deitar com a esposa. Adormeceram juntos, depois de conversarem um pouco sobre a viagem dele e o trabalho dela. Naquele documentário, a que B assistiu tantas vezes, incomodava um pouco o tom feminino na voz de Julian Bream: pessoalmente ele tinha aquele tom, mas gravado em vídeo parecia mais forte. Sua suavidade de fundo ardiloso, sedutor, como a maciez da pele humana... Era nesse documentário que Bream dizia uma coisa que deixava B furioso: a derrocada de seu pai havia sido se apaixonar pela sua mãe, uma vez que aquela mulher era uma pessoa que *não parecia estar presente o tempo todo*. Bream a descrevia como alguém que não tinha nada de especial, *exceto sua beleza*, uma mulher que poderia passar longos períodos contemplando a vista pela janela, em serenidade absoluta. A filha mais nova de B, aos cinco anos, já era assim: podia ficar um longo tempo contemplando o vazio, perdida em pensamentos. O que tanto podia pensar uma garotinha daquele tamanho? Bream justificava que era uma mãe amorosa, com quem ele se dava bem... mas ela não gostava de música, não se interessava por nada exceto dança de salão, e dançava muito bem. B não consegue entender como uma pessoa que gosta de dançar pode não gostar de música. Seria uma questão com a música feita pelo filho? Era esse seu desinteresse? Um homem descrevendo a própria mãe de forma leviana em um documentário, um registro para o futuro. "Você está vendo coisas", disse sua mulher quando B lhe mostrou o trecho do filme em questão. "Me parece mais um elogio realista. Você não passou tempo suficiente com os britânicos para entender que eles são assim mesmo?" B admira o fato de que Bream começou sua carreira do nada. Não vinha de família rica, com tutores e garantias; ao contrário: precisou se provar o tempo todo. B sabe o que é ter de se provar o tempo todo, por isso compreende a impaciência de Bream com qualquer sujeitinho de ego mimado que se sentava para tocar para ele sem nem conseguir afinar o violão direito. Arnau, por sua vez, nem sequer comparecia às aulas abertas de Bream — aliás, agia como se não existisse Julian Bream. Quando B perguntou o porquê disso aos colegas, um deles deu uma risadinha e disse: "Você não sabe?". E contou que os selecionados para a final do Prêmio Julian Bream de 1988 tinham sido Arnau e uma garota que estava no último ano da academia, mas que B nunca chegara a conhecer. Essa moça não era uma violonista de muita expressão naquele espaço, como era Arnau, como foi o próprio B, colecionando prêmios e recitais. Por mais que a instituição estimulasse e fornecesse meios para que seus alunos tivessem projeção internacional, ela enfrentava um caso grave de medo do palco. Chegava a ficar doente, o que restringia sua capacidade de frequentar as aulas com regularidade. Mas Bream escolhera uma peça que, ao que parecia, a garota havia gostado muito de aprender. Envolvida dessa vez, tocou excepcionalmente bem. Arnau, como sempre, tocara bem, com sua técnica perfeita. Quando Bream foi anunciar o vencedor, deu parabéns a Arnau e completou: "Mas quem me emocionou de verdade tocando essa peça foi ela". Deu o prêmio à violonista. Arnau ficou furioso, contou o colega, saiu da sala pisando duro, e do lado de fora disse que a garota tinha errado uma passagem na execução da peça, que aquilo era favoritismo, era injusto. A garota tinha errado? O colega disse que sim, mas não podia mentir: de fato o trabalho dela havia sido mais interessante, porque Arnau soara duro o tempo todo. Afinal, o prêmio era de Julian Bream, ele era a autoridade total, e quem se inscrevia estava ciente disso. Talvez aquela história — B conclui enquanto deita a mala em um banquinho na área de serviço minúscula do apartamento — seja justamente o posicionamento de Bream em relação ao erro, em relação ao que é de fato esse grande mistério do *tocar bem*. Uma vez, Graça estava em viagem e aproveitou para visitar B em Londres. Enquanto caminhavam por um parque e conversavam, B contou a ela essa história de Arnau. Graça, tão pequena, havia passado sua mãozinha enluvada pelo braço dobrado de B, como se fossem figuras livrescas em um passeio que durava séculos. Ela ouviu aquela história em silêncio e, ao final, se limitou a dizer: "Que papelão!". B abre o zíper da mala. O pior é que Arnau demonstrava sempre esse tipo de atitude, aumentando mais e mais o parâmetro do absurdo, e todo mundo lidava com isso como se fosse apenas parte de sua *personalidade difícil*. Quando foi a vez de B tocar para Bream, executou o quarto movimento das *Quatro peças breves* de Frank Martin o mais rápido que conseguiu. Depois de ouvir, Bream começou a aula dizendo: "Sabe por que eu não moro mais em Londres?". B, aturdido, respondeu: "Você gosta da vida no campo?". Julian Bream, sempre com aquele sorriso, continuou: "É verdade, eu gosto de morar onde a vida anda mais devagar. Essa rapidez é a coisa mais antiarte que existe, e eu não conseguia mais me inspirar vivendo aqui". Bream não disse aquilo para humilhar, por mais que outro violonista pudesse se sentir vulnerável em uma situação dessas... mas aquela aula robusta, que durou uma hora inteira, em que cada detalhe da execução de B fora colocado em evidência, fez com que ele mudasse completamente a sua forma de tocar, passando a entender, inclusive, coisas que todos os seus professores diziam havia anos. "Por que eu toquei naquela rapidez? Para impressionar o cara? Só para mostrar que eu consigo?", desabafou B com Sandra depois da aula. "Não tem nada a ver com a peça!" Martin ainda não estava lá. O rosto de Martin. Julian Bream parecia mesmo atravessar a cabeça das pessoas e saber quando elas faziam algo de forma autêntica ou quando não acreditavam no que estavam fazendo. "Não tente ser musical demais", mais de uma vez B ouviu Bream dizer, e mais de uma vez B se viu dizendo isso aos seus alunos. Da segunda vez que tocou para Bream, no entanto, algo excelente aconteceu: ao concluir as *Cinco bagatelas* de Walton, tudo saiu bom a ponto de Bream falar: "Muito bem, podemos ir direto para o estúdio de gravação, agora". Nessa ocasião, Martin já estava lá. Receber aquele elogio talvez fosse ainda melhor do que ganhar o Prêmio Julian Bream. "Mas é claro que você não ganhou o concurso dele. Você nunca vai ganhar", Sandra disse depois que B ficou de novo em segundo lugar, "só britânico ganha concurso na Inglaterra." Por que não voltava para o Brasil? De fato, se B nunca tinha recebido mais que segundos lugares em concursos ingleses, seus colegas europeus tinham recebido vários primeiros lugares. Sandra estava exagerando. Estava? Talvez B tenha ido embora da Inglaterra ao perceber que nunca faria parte daquele lugar, e a coisa que mais desejava era fazer parte de algo maior. Quando voltou ao Brasil, queria fazer como Bream sempre havia feito: transformar o violão em militância. Julian Bream, ao entrar no Royal College, teve de estudar violoncelo porque ainda não havia sido criado o curso de violão. Conta-se que o reitor do Royal College (era mesmo o reitor? Ou outra figura do alto escalão?) disse sobre o violão de Bream: "Não traga esse instrumento para dentro deste prédio!". O que Julian Bream fez foi travar uma luta contra o senso comum em um país em que o violão era menos que nada, B conclui enquanto começa a esvaziar a mala. Decide colocar as roupas claras para lavar primeiro. Retira tudo que está no topo, os sapatos, a *nécessaire*, dois CDs que ganhou na viagem. Olhando dentro do cesto de roupa suja, há roupas brancas da mulher e das crianças. Impressionante como elas cresceram e continuam sujando tanta roupa, a quantidade de roupa que tem de lavar toda semana... é cansativo. B entende que ainda hoje o mundo do violão é fechado demais em si mesmo, com seus festivais dedicados apenas ao instrumento, as conversas absurdas em torno do cedro e do abeto, das unhas, dos mil tipos de cordas, das tradições e das novidades. A mulher de B sempre brinca que o violão não é só um instrumento voltado ao próprio umbigo: ele mesmo é uma barriga com um furo no meio — um umbigo gigante. Bream, aquele intérprete apaixonado, preocupado com a possibilidade de um violão comunicativo de muitas formas, um instrumento para grandes salas de concerto, como já tinha feito Segovia, claro. Uma continuidade. Precisa colocar a comida para a cachorra. Ali está ela, meio amuada na área de serviço, sempre ao seu lado. B murmura um pedido de desculpas, pensa em se justificar: o voo, o fuso horário, o cansaço, se esqueceu da refeição dela. Coloca três medidas de ração (o recomendado pela veterinária) na tigela. A cachorra come de maneira ritmada, mastigando os grãos. Os segredos e os esquecimentos. Lembra-se da história, metade absurda, metade simpática, de Julian Bream aos catorze anos tocando para Segovia e recebendo o convite de viajar com ele em uma turnê. Teria sido uma boa experiência para o jovem Bream? Ouviu esse caso por muitas bocas, e algumas narraram de forma mais moderada: disseram que o evento se encerrou de forma pacífica, afinal, a família de Bream não tinha dinheiro para bancar aquela empreitada. Entretanto, outras bocas contam que o pai de Bream não gostou nada dessa ideia. Tirar o filho da escola para viajar com aquele sujeito? Teria aulas com o violonista ou ele seria uma espécie de pajem? Quanto de abuso poderia haver naquela oferta aparentemente generosa? Segovia ficou ferido na vaidade por causa da recusa, e houve uma briga feia. Restou um respeito mútuo, uma relação cordial, mas nunca foi algo de mestre-discípulo, como talvez Segovia esperasse. Ser o grande mestre de mais um violonista britânico. Escolher sua sucessão, como um rei. B pensa que *jamais* permitiria que seu filho fizesse tal coisa, viajar com um homem mais velho aos catorze anos! Era famoso, célebre e renomado, mas ainda assim era um homem adulto desconhecido. De qualquer forma, pode-se imaginar Segovia viajando com um adolescente? Em algum momento, B ficou obcecado pela biografia de Julian Bream — pensou até mesmo em escrevê-la, catando anedotas por aí —; mas, aos poucos, Bream foi se tornando um enigma que B não queria mais decifrar. Essa percepção veio para B em um momento inusitado, quando visitou um museu em Rio Branco, no Acre, depois de um concerto: lá, viu uma fotografia aérea em má definição de um povo da floresta sobre o qual pouco se sabe. Na foto, eles pareciam atirar flechas contra o avião ou o helicóptero de quem os fotografou. Optando pelo isolamento, foram deixados lá, protegidos pela natureza e ao mesmo tempo protegendo a natureza. Era assim que deveriam permanecer aquelas aldeias desconhecidas: em privacidade absoluta. Também era assim que Julian Bream deveria ficar. Mas B não consegue deixar de pensar que talvez tenha tomado essa decisão depois que alguém lhe contou que Bream é bissexual. Não disseram aquela palavra, *bissexual*, mas que ele *fica com os dois lados*. Foi Arnau? Parecia coisa de Arnau. Mas Bream não se casara mais de uma vez? Com mulheres? Aquela tonelada de fofocas. Talvez, porque havia a convivência com Britten, Peter Pears e outros gays célebres, as pessoas especulassem. Não podia imaginar Arnau convivendo com um homem gay. Mas isso não importa nem um pouco. Não deveria importar. A cachorra já terminou de comer. Sempre devora a comida como se tivesse sido deixada com fome por dias. Deita-se sobre sua caminha macia, encardida e cheia de brinquedos, com a cabecinha sobre as patas cruzadas. Quando vai passear com ela, B sempre faz o mesmo caminho: uma volta no longo quarteirão do bairro, passando pela padaria. Se não está cansado, dá duas voltas. Antes, B inventava caminhos e várias vezes se viu perdido: a vizinhança cheia de casas e prédios antigos parecidos demais uns com os outros. Mais de uma vez, teve de perguntar onde ficava sua rua para um porteiro, um dono de banca de revista, para uma senhora fazendo caminhada. Os erros de geografia: em Londres, tantas vezes se atrasara para compromissos porque pegava o ônibus errado ou a direção contrária do metrô. Em São Paulo, ainda faz o mesmo, contar ruas, perder-se nos nomes delas, confiando na autoridade total dos mapas que às vezes lhe são completamente ininteligíveis, isso tudo somado à sua incapacidade de memorização espacial. "Mas você consegue decorar quarenta minutos de música de uma vez!", sua mulher se espantava, "como você se esquece do caminho de casa?" B diz que a música tem a ver com o tempo, não com o espaço. A mulher não o deixa dirigir quando precisam ir juntos a algum lugar. "Você é distraído demais, erra tudo." Caminhar ao lado de Sandra era confiar nela. Sandra categorizava o mundo com suas expressões francesas: dizia que Martin era um *bout de table*, porque era impossível dar a ele um lugar justo entre as demais pessoas. Não se encaixava. Com o tempo, Martin e B criaram um programa específico: iam juntos assistir a quarteto de cordas. Nada de piano, nem de violão: era preciso ouvir outra coisa. Hoje, toda vez que B vai ouvir um quarteto de cordas, é como se tivesse Martin ao seu lado, aquela imagem esvanecida do jovem amigo, suas críticas. Havia o velho em Notting Hill (talvez não fosse tão velho assim, mas assim o chamavam) que queria que Martin fosse morar com ele, tendo inclusive lhe prometido um piano de cauda e uma renda mensal fixa. Havia o polonês que escapara para Londres, desejando viver a suposta liberdade do liberalismo thatcherista, do qual era fã.

Martin ria dele, discutia com ele, mas parecia sobretudo amar as pessoas, mesmo com suas grandes inconsistências. As inconsistências de B. Havia aquele irlandês do violino, membro da pequena horda de amigos gays de Martin. Os amigos gays de Martin sempre olhavam para B com muita arrogância. Hoje sabe: estavam curiosos a seu respeito! Aquelas caras amarradas, pura encenação. Não: o lugar de B era na academia, na cena de concerto, frequentando cineclubes, o teatro, os museus — ou, como Martin falava, uma vida de velho. "Vou lá passear com B, fazer nossos programas de velho", o amigo dizia. Aos poucos, B descobria que um espaço célebre da vida gay eram os banheiros públicos. Mais de uma vez, saindo com Martin, foi ao banheiro e viu um homem se masturbando diante do mictório: estava tudo bem quando os homens se mantinham na deles, o problema era quando B entrava e o sujeito o encarava, mesmo que ele desviasse o rosto. Antes, na terceira infância, no início da adolescência, era algo natural — agora, toda nudez masculina tinha se tornado desconfortável. Um quiasma, B entende, ainda de pé na lavanderia, essa palavra que o professor de regência gostava tanto de usar. Certa vez, no banheiro de um pub, B foi interpelado por um senhor, que tirou da carteira uma nota de cinco libras e perguntou se, por aquela quantia, B deixaria que ele lhe batesse uma punheta. Assustado, fugiu e foi falar com Martin. "Você devia ter deixado, daria para pagar nossa conta", o amigo respondeu. "Bom saber que meu valor é cinco libras", B resmungou. "Você coloca o sexo em um pedestal", Martin disse, "por isso o homoerotismo natural entre os homens continua sendo secreto. Deixa o cara bater a punheta dele no banheiro…" "Não se faz esse tipo de coisa em público, Martin", B respondeu. Havia se tornado pudico? Martin contou de uma vez que tomou ácido na casa de alguém: sentiu-se mal, foi se deitar na cama em um dos quartos e acabou dormindo. Ao acordar, estava acontecendo uma grande orgia ali, e havia um rapaz lindo chupando seu pau — guardava esse momento de sexualidade espontânea como uma das coisas mais bonitas que vivera. Lembra-se de Martin dizendo que só se apaixonava por homens casados com mulheres, homens comprometidos com outros homens, homens violentos, homens canalhas; e sorriu, desviando os olhos para as mãos pequenas. B perguntou: "Você nunca quis estar com meninas?", e Martin respondeu com uma expressão de nojo. Como ele podia ter tanta certeza? B coloca as roupas sujas na máquina de lavar, uma a uma. Sabe que na mala não há mais que duas peças limpas, e sente certo orgulho da sua capacidade cada vez mais acurada de conseguir arrumar uma mala com a quantidade certa do que vestir para os dias que passa fora. Aquela área de serviço é horrível: na maior parte do ano, ali não bate sol. Quando chove por muitos dias, não podem lavar nada, porque as peças ficam rançosas ou nunca chegam a ficar totalmente secas. Todos os anos, entre setembro e março, B olha na internet o preço de máquinas de lavar e secar, como havia na casa de Mimi. Saíam quentinhas, e se fossem dobradas ou dependuradas logo em seguida não era necessário passar a ferro. Mas sempre adia a compra: a mulher diz que é caro, que vai sobretudo gastar energia, encarecer a conta de luz. "O que você está escondendo?", Martin voltava a perguntar. No fim, B tinha a impressão de que Martin sabia a resposta. Corria, na academia, uma conversinha sobre um possível romance entre os dois. Martin e B fingiam entrar naquela brincadeira. Na idade que tinham! Em um país cuja noção de privacidade era basilar, B achou que não haveria esse tipo de coisa. "A fofoca é a condição humana, você não deveria se incomodar tanto", Martin dizia. Já nos anos 2000, B, morando no Brasil, recebeu com angústia a notícia de que a cláusula 28 — que proibia as pessoas de *promover a homossexualidade* ou de *publicar materiais com a intenção de promover a homossexualidade ou ensino em qualquer escola da aceitação da homossexualidade como suposta família* — fora revogada no Reino

Unido. De forma inesperada, essa notícia jogou B em um período de instabilidade emocional. Como, depois de causar tanto medo e vergonha, de dizer e redizer que a natureza de certas relações era anormal, eles *revogam* uma lei e fica por isso mesmo? Claro, era uma grande conquista, mas a alegria que ela trouxera só disfarçava o fato de que um malfeito demora anos para ser de fato corrigido. B passou mais de uma semana entre a impaciência e a fúria. Mal conseguia pegar no violão, não conseguia ficar sentado, não conseguia ler música, não conseguia ouvir música. Pouco depois disso, bateu o carro. Foi uma coisa à toa, amassou bem de leve a lataria. O doloroso foi perceber que a distração fora sua, e que ele poderia ter machucado alguém. Ficou instável da mesma forma quando, ainda em Londres, recebeu notícias do professor de regência. Um amigo que estudara com B na universidade estava fazendo um mochilão europeu e foi visitá-lo. Em que ano foi isso? 1993? 1994? Sandra ainda estava lá ou já tinha sumido? O amigo em questão também abandonara o curso de regência e, depois de muitas peripécias, tornou-se engenheiro de som, um dos melhores que B conhece, e com quem ainda trabalha. Em um pub com colegas violonistas — era dia, um espaço aberto no início do verão —, falaram do professor de regência, como ele era uma pessoa genial e estúpida ao mesmo tempo. Para se referir a ele, B usou um verbo no presente, e o amigo o interrompeu: "Você não ficou sabendo que ele morreu? Faz mais de um ano. Dizem que encontraram ele enforcado em casa". A mão de B se afrouxou, deixando cair sobre a mesa um pouco de cerveja, que limpou com um guardanapo. Sonhos que o acordavam no meio da noite, algumas músicas específicas... De tempos em tempos recordava o professor de regência. Por um momento, B sentiu vontade de revelar aos amigos da mesa o que tinha acontecido, mas a língua pesou em sua boca. Não se podia falar daquilo. Suportaria dizer tudo como se fosse uma piada, um fato corriqueiro, mas ainda assim... sua afasia, o choque, tudo isso trouxe a vergonha de volta. "Bicha velha nojenta", o amigo de B disse, para dentro e com muito ódio, e depois em inglês para a mesa toda: "Aposto que foi asfixia erótica!". Todos riram. O professor também tinha assediado aquele amigo? Foi um alívio que Martin não estivesse ali naquele momento (nos anos finais, passara a chamar os colegas de violão de B de Esquadrão Testosterona e nunca estava presente quando eles estavam), porque certamente faria um comentário picante e inadequado. B apenas riu com eles. Mas depois ficou mal: cortou o dedo com a faca de pão, queimou-se com a chaleira, tomou um tombo no banho e quase esqueceu o violão no metrô. Depois, contaria a Martin sobre o professor de regência, logo depois de mostrar a ele o *Nocturnal* de Britten. Ou isso tudo foi antes da notícia de sua morte? *Nocturnal* estaria impregnado daquela história. Se há um condicionamento entre som e sentimento, sensação, como produzir isso? Dizer que uma peça é sobre a noite e os sonhos. Dizer que uma peça é sobre o domingo, ou sobre uma lenda antiga. Dizer que ela é sobre um amor perdido. Dar um nome a ela. Dizer que é uma declaração secreta, uma piada, uma manifestação política. Graça alertava B: "Cuidado com essa postura romântica para as coisas". Aquela advertência demorou a fazer algum sentido, porque *romântico* sempre foi um adjetivo muito vago, assim como *moderno* ou até mesmo *estranho*. Queria que fosse mais realista? *Realista* também é uma palavra vaga. Talvez fosse um enigma. No começo do namoro com sua esposa, contou a ela essas coisas que Graça falava. "Você é um antirromântico de fachada. Você é inteligente o bastante para saber que criar uma persona romântica no século XXI é ridículo, não pega bem e, ao fim e ao cabo, é uma atitude romântica por si só: nada mais romântico do que calcular uma antifigura", a mulher disse. De todas as peças que B tocava, era justamente *Nocturnal* a preferida de sua companheira. Às vezes B invejava seu ouvido desprovido de conceitos. Tanto na escuta quanto na execução,

Graça sempre defendeu as emoções como elementos *praticáveis*. Para isso, era necessário se conectar ao mundo. "Prestem atenção como o corpo de vocês funciona com relação à música", a professora dizia. Como uma música instrumental podia ser bonita, triste, angustiante, tediosa, onde cabiam aqueles sentimentos? Seria naquele mi bemol, em um fá maior, num lá menor? Uma das coisas que até hoje deixa B revoltado é ir a um concerto de um grande intérprete ou solista e sair de lá sem sentir *nada*. Sempre diz à mulher: "Se eu tocar e você não sentir nada, me avise". Ela leva a sério esse pedido, e avisa toda vez quando acha que B se perdeu. Nas roupas sujas de uma viagem, há o cheiro de outros lugares, o odor úmido de certos camarins, até mesmo o perfume de pessoas que encontrou, de gente que abraçou, o cheiro dos restaurantes onde jantou. Londres e seu cheiro de lápis apontado. Colocar roupa para lavar é uma forma de limpar a cabeça; lavando todos os cheiros, B lava também o excesso das lembranças. Fecha o tampo da máquina se lembrando de quando quis acrescentar o *Homenaje* do Manuel de Falla ao seu repertório e comunicou isso a Graça. Era uma peça assoladora, que B estivera tentando, teimosa e secretamente, tirar de ouvido a partir de uma gravação de Julian Bream. Graça disse: "Ela está um pouquinho acima do seu nível, mas podemos tentar". Mas não era uma peça difícil do ponto de vista técnico — a dificuldade estava no nível musical, intelectual e emocional. Era complicado oferecer uma interpretação que deixasse claro que havia ali algo de fato extraordinário, na compreensão de quando usar esse rubato, esse vibrato, por que tirar peso dessa nota, por que tornar aquela nota mais forte e não outra. Conseguiu tocá-la, e tocou-a no seu recital de formatura, mas conforme fica mais velho B sente que *Homenaje* se torna cada vez mais difícil de tocar. E isto é radical: estudando-a, ele tem a impressão de que um dia deixará de conseguir tocá-la. Uma desaprendizagem gradativa. Ao se deixar levar, como acreditar no que se está fazendo, em que momento inventar uma narrativa... Um dos fenômenos mais impressionantes para B em seu trabalho é perder o controle na música. No dia 13 de novembro de 2013, o aniversário de cem anos de Benjamin Britten, B foi convidado a fazer um concerto no Wigmore Hall. Tocou o *Nocturnal*, é claro, escrito para Julian Bream. Dizem que o compositor ouviu Julian Bream tocando *Homenaje* de De Falla e ficou perturbado. Foi até Bream e disse: "Essa peça é magnífica! Ela dura talvez quatro, cinco minutos, mas tem vinte minutos de material, é fantástico!". E foi embora, pleno de entusiasmo. *Nocturnal* veio pouco tempo depois, de um compositor que nunca tinha feito nada exclusivo para violão. Uma música difícil, quase impossível de tocar, uma peça sobretudo exaustiva. Naquele concerto, em comemoração aos cem anos de Britten, B tocou o *Nocturnal* no final da primeira parte. Quando voltou ao camarim, estava se sentindo alterado a ponto de ficar tonto. Tomava-o uma sensação devastadora, de que o mundo terminava sempre que *Nocturnal* chegava ao fim. Por outro lado, B sabe que chorou por causa de algo oculto, uma manifestação incontornável de uma emoção contida e secreta. Há coisas das quais apenas a música dá conta com seus silêncios. O invisível, o indizível: a música dá conta. Por um momento, ali no camarim do Wigmore Hall, B achou que não conseguiria voltar ao palco. Não havia nenhuma tragédia. Mas então o que era? Depois desse acontecimento, nunca mais teve coragem de colocar *Nocturnal* de Britten em qualquer parte do programa que não fosse o final. Que o público fosse para casa com aquilo, extenuado, os afetos limpos, que ele mesmo pudesse descansar depois de todo esse impacto. A máquina de lavar é barulhenta, e B sabe que, se a ligar agora, vai acordar a casa toda, são seis e meia da manhã. Os filhos acordam por volta das sete; com sorte, dormem até as oito. Depende muito da hora em que foram deitar, e a mulher dissera na noite anterior que eles haviam ficado acordados até queimarem as pálpebras, esperando a chegada do pai, mas acabaram não resistindo. Portanto, sabe que tem tempo para remexer nas fotografias. Poderia encontrar, entre elas, antigas fotos de família, fotografias da tia? Lembra-se bem de como foi receber a notícia: o telefone tocou, Mimi chamou por ele, e a voz abafada e distante de sua irmã anunciou: "Seu tio matou sua tia". A frase soou clara do outro lado da linha... aquela escolha esquisita dos pronomes — *seu, sua*, como se a irmã tentasse se afastar daquela situação. Depois de todos os rodeios, ela contou como tinha se dado a *catástrofe*. Catástrofe! Adjetivo mais equivocado para o acontecimento não poderia haver. Depois de matar a esposa, o tio atirou na própria cabeça. B nunca segurou uma arma, não sabe quanto pesa. Disseram que foi com uma espingarda velha, usada para caçar. O costume da caça que ia se extinguindo ao sul do estado, sua sombra. Ambos, o professor de regência e a tia, eram pessoas que sentiam medo. Apenas o medo. Por uma noite, B ficou quase feliz, como se aquela forma de morrer fosse uma vingança pelo mal que a tia lhe fizera. "Duas pessoas más a menos no mundo", disse a Martin. A outros amigos não teria coragem de admitir isso. Nem mesmo a Sandra. "Entre os homens você se comporta de determinada forma, entre as mulheres de outra, e comigo de uma terceira forma", Martin falou mais de uma vez, com um fundo de voz magoado. "Há certas coisas que só podem ser ditas a certas pessoas", B respondeu, tentando construir um elogio. Mas Martin parecia ainda chateado, como se ele mesmo tivesse perdido alguma coisa. Naquela madrugada, B acordou com remorso e não conseguiu mais dormir. A tia e o professor de regência tinham sido professores que acreditavam na possibilidade de purismo. "Os puristas acham que existe o puro", disse tantas vezes Carl. Mas não fora o próprio B uma criança chata, que se entediava com os exercícios técnicos obrigatórios ao piano? Que se aborrecia fácil, pleno de curiosidade por coisas que ainda não podia compreender? Uma criança que tinha tudo que a tia nunca teve: amor, uma casa onde se ouvia o riso e a música descompromissada, uma casa sem cortinas escuras, cheia de luz do sol. A tia saíra da juventude para ser encerrada em uma prisão doméstica, incapaz de seguir sua carreira de pianista, mas obrigada a parir crianças. Além de não ter visão ou talento, ela estava sob o poder de seu tio, um homem horrível, e ninguém prestava real atenção a seu risco. Porque era uma mulher, qualquer reclamação sobre o casamento soaria como um excesso e uma fraqueza, B pensa, porque as mulheres precisam aguentar seus maridos. A mulher aguentava as viagens de B, mas por quanto tempo? A única coisa que a tia possuía era seu marido. Sua honra. A mãe de B sabia das agressões, mas, naquele mundo, nada podia ser feito. A irmã contou que a mãe até tentara tirar a tia de casa, mas onde iria morar? Não tinha fonte de renda viável, não havia lei que a protegesse. Eram os anos 90, achavam que estavam no futuro... Se quando a polícia ia bater naquela casa por causa do barulho das brigas domésticas a tia não prestava queixa, envergonhada de si mesma e de sua incapacidade de domar os ânimos do marido, se hoje as coisas ainda são difíceis... B às vezes tem a impressão de que tudo está piorando, na verdade. Será a impressão de um velho? Ele caminha até a cozinha, levando as compras. Por dois anos, B teve uma aluna que não era apenas talentosa; era *genial* a ponto de B se sentir completamente incapaz de ensinar qualquer coisa, se sentia insuficiente até mesmo para orientá-la. Tinham conversas incríveis, e ele sempre ficava emocionado ao ouvi-la tocando, sua facilidade. Sentia-se privilegiado por poder dar aulas a ela, privilegiado por estar diante de uma musicista tão capaz. Além disso, era dona de uma disciplina apaixonada, um dos maiores tesouros que um estudante pode ter. Tudo estava bem, até ela decidir interromper as aulas. Por intermédio de outros alunos, B soube que a menina havia desistido do violão por causa de um namorado ciumento que não gostava que ela tivesse aula com professores homens, nem que tivesse uma maioria de colegas homens. Ela tinha apenas dezessete anos. B tentou convencê-la a não desistir, mas a jovem disse que não sentia que uma carreira musical era para ela, que precisava se dedicar a outros planos. Seis meses depois, a moça voltaria à casa de B depois de terminar o relacionamento, dizendo que havia cometido um grande erro. Estudando bastante, ela conseguiu recuperar o tempo perdido e, ao fim da jornada, entrou na mesma academia em que B estudou. Mas alguma coisa nela havia mudado, aquele *brilho* anterior desaparecera. No lugar, uma melancolia, e essa melancolia também era uma potência. Poderia ter feito algo a mais para ajudá-la? "Cuidado com a culpa que você está sentindo agora", disse a mulher quando B relatou o caso, "você não precisa se sentir obrigado a salvar ninguém." A família da garota não apoiava sua carreira como musicista. Ela fizera sua formação em um projeto social, e depois teve de trabalhar num shopping para pagar as aulas de música (quando soube disso, B deixou de cobrá-las). Essa mesma família tinha apoiado o namoro da menina com aquele homem quase dez anos mais velho. No fim, a mudança da garota para o Reino Unido foi uma libertação, porque, pelo que B soube, o namorado continuava a persegui-la enquanto ela ainda estava morando em São Paulo. A mulher sempre fala que, enquanto as meninas forem ensinadas a entender o amor de um homem como a coisa mais importante de suas vidas, estarão em perigo. "A minha família só começou a me valorizar depois que eu me casei com você e depois que eu tive as crianças", a mulher disse, na ocasião. "Antes, eles não se importavam se eu traduzisse Dante e Boccaccio, se eu fizesse ou não doutorado. Mesmo que eu ganhasse um prêmio eles não estariam nem aí: eu continuaria sendo uma solteirona, nada mais que isso." B guarda o queijo na geladeira, o pão no cesto, o filtro de papel no armário. Tem de colocar a água para ferver, aguardar a mulher e os filhos com o café pronto. Nesse meio-tempo, talvez seja possível dar uma olhada nas fotos. Talvez não deva ligar o fogo agora, melhor esperar que a mulher desperte. Mas está com fome, e para aguentar a cabeça zonza sabe que precisa de uma xícara de café. Pega a cafeteira italiana, coloca o pó, a água. Esquenta o leite na leiteira. Não pode vacilar. Quantas vezes não deixou o leite transbordar, o café queimar... Parte um pão pela metade, unta-o com manteiga, mas não se senta à mesa da cozinha para comer: em pé, vigia o leite. O rosto de Martin, pouco nítido, o osso da mandíbula protuberante sob a barba clara. Indo embora de Londres, B passou suas últimas horas na cidade com Martin. Foi levado ao Heathrow por ele, se despediram com um abraço longo e apertado, como se quisessem se fundir um no outro. "Por favor, não suma", Martin pediu. Soou como uma exigência, não uma súplica. Quando se viu sozinho diante do portão de embarque, B se sentiu livre como não se sentia havia anos. Não sabe precisar ao certo como o problema dos dois começou, e se tinha a ver com o que aconteceu naquele quarto quente, no verão em que Sandra desapareceu. Pouco a pouco, Sandra se tornou distante no trato. Fria, sem abraços longos, sem subir ao quarto de B. Parecia triste, mas dizia que estava cansada. Bem, estava *exausta*: sempre estudando. No fim do semestre, Sandra desmarcou algumas apresentações do Clube do Choro. Ou as apresentações não aconteceram porque ela não podia? B não lembra, apenas sabe que ela viajou por um tempo, sozinha. Quando reapareceu, ela e B se encontraram para um almoço. Ele perguntou o que estava acontecendo, e Sandra se limitou a resmungar que estava cansada, que não ia adiantar ele ficar questionando. Depois de seu recital, Sandra sumiu de novo — B recorda que não houve comemoração. No máximo umas bebidas e pronto. Por um tempo, ele entendeu que talvez Sandra tivesse encontrado outra pessoa e estava sem coragem para terminar o que havia entre eles. B ligava para a casa dela, mas ninguém atendia. Após dias de insistência (ele também estava

150

ocupado), B bateu à porta. Uma garota que ele não conhecia atendeu e disse que Sandra tinha se mudado dali. Deu a B o telefone do pai de Sandra, e ele correu até a próxima cabine telefônica para ligar. O pai atendeu e disse que a filha estava *indisposta*. Conversara com o pai de Sandra em inglês ou em português? Provavelmente em inglês. Hoje, sonha nas duas línguas. Quando está cansado, percebe que está *pensando* em inglês. Aquilo ainda demanda um esforço mental terrível. Sandra sonhava em quatro línguas. Então B viajou para fazer recitais, voltou a Londres, ligou de novo para a casa do pai de Sandra e ninguém atendeu. Depois, restou uma mensagem dizendo que o número não existia. A partir daí, não soube de mais nada. Ninguém soube. Digita às vezes o nome dela no Google, mas supõe que ela se casou e mudou de sobrenome, ou seus sobrenomes brasileiros são comuns a ponto de tornar a busca impossível. Por algum motivo, sempre achou que ela tivesse se casado com um escocês. B ri sozinho na cozinha. Qual era a graça? Antes de tudo, Sandra e ele tinham um combinado: sempre amigos, sempre sinceros um com o outro — um combinado que ela mesma deixou de honrar. E B honrou? "Talvez não tenha nada a ver com você", Martin falou certa vez. Enquanto B estava apenas triste e confuso, Martin ficou terrivelmente irritado com aquela situação. "Mas vocês têm algo em comum: são escorregadios, difíceis de contornar", ele disse, com raiva. "Por que alguém iria querer me contornar, Martin?", B replicou, de forma mais agressiva do que tinha pretendido. "Está vendo?", Martin levantou as sobrancelhas claras. As sobrancelhas claras. O rosto de Martin, o pomo de adão tão protuberante no pescoço curto. Não, o pescoço comprido. Não, curto. Pensando bem, houve uma briga com Sandra, porém B não se lembra do motivo exato, porque eram um casal que brigava muito. Eram um casal? Ela gritou e saiu batendo a porta. Chamou-o de covarde. Entretanto, os dois se falaram várias vezes depois dessa briga, chegaram a transar e foi bom. Quando ele arrumou as malas para voltar ao Brasil, Sandra estava sumida havia alguns meses. B encontrou algumas coisas dela no seu armário: um brinco, uns livros, uma camiseta. Não resistiu em cheirar a camiseta, só que o cheiro dela não estava mais lá. Nem se lembra mais de como era, só lembra que era bom. Abraçar Sandra e sentir o cheiro do cabelo dela. Martin parou de falar de Sandra, e B seguiu pelo mesmo caminho; estavam chateados, cada qual à sua maneira. Foi assim? Eles simplesmente aceitaram o sumiço? Chegaram a falar com a professora de Sandra, que também não sabia de nada. B vigia o leite e a cafeteira sobre o fogo. Talvez Sandra tenha sumido por causa de Martin, mas quando ela desapareceu nada de concreto havia acontecido ainda. E o que seria *algo de concreto*? Já tinha medo de seus próprios desejos? Até onde seria capaz de ir com Martin? E a cada passo que dava a mais, naqueles ritos, naquelas negociações, mais se sentia indefeso. A insistência de Martin para levá-lo a pistas de dança, com músicas que eram novíssimas e hoje são antigas, muita bebida, um comprimido colorido que fez com que ele perdesse o controle do próprio corpo. As mãos pequenas e ásperas de Martin no seu rosto, um beijo do qual B escapou. "Qual é?", Martin gritou. "Estou só brincando com você!" No dia seguinte, quando se encontraram, B se lembra de ouvir de Martin: "Você é tão covarde que chega a me dar raiva". A mesma palavra. Martin e Sandra teriam discutido sua covardia? Os abraços entre os dois iam ficando cada vez mais longos. B desliga o fogo da cafeteira. Durante um dos passeios a pé, em um canto escuro, talvez voltando tarde da noite de algum lugar, um pouco bêbado, B finalmente se deixou levar por um beijo, pela mão na braguilha, pela singularidade de tocar outro peito com pelos, pela mão enfiada por dentro da camisa. Foi bom. Naquela época, tudo era muito passional, às vezes a ponto de se tornar um pouco ridículo. Martin não tinha medo do ridículo. Naquele verão, estavam andando perto da casa nova de Martin. Como foi mesmo?

O que estavam fazendo? Como criou coragem para subir ao quarto do amigo? Não disseram com todas as palavras, mas sabiam o que ia acontecer. "Calma, eu não vou fazer nada que você não goste", Martin disse, sentando-se na cama e puxando B pelas mãos. "Você pode me pedir para parar a qualquer momento. Podemos ir bem devagar." Às coisas novas se impõem limites. À ruptura desses limites, as pernas de B tremiam tanto que ele era incapaz de se manter erguido, uma dor tomava sua pele inteira. Lembra-se bem do tom verde do quarto: carpete verde, cortinas verdes, a colcha verde forrando a cama. Os armários tinham uma madeira escura, e a madeira da escrivaninha era clara. Por algum motivo, naquele momento o *Esordio* da *Sonata* de Alberto Ginastera não saía dos seus ouvidos. Uma música que B deixou de tocar porque sempre terminava em um estado de exaustão intolerável. O *Esordio* ainda era a parte tranquila: o segundo e o quarto movimentos são ainda mais complicados. Mas por que exatamente estava com o início da *Sonata* na cabeça? O que aquela música sinalizava? Na escrivaninha de Martin havia uma fotografia de B e Sandra em um porta-retrato, ao lado de uma foto de Ravel e seu nariz gigante, ao piano, anotando uma partitura, um cigarro pendendo da boca. B se sentou na ponta da cama de Martin. Abraçaram-se, beijaram-se. Havia uma ternura no ato de tirar a roupa, peça a peça, uma contagem regressiva de camisetas, cintos, jeans, meias, finalmente as cuecas. Uma felicidade naquilo. B não deixou que Martin descesse com os lábios para além de seu umbigo, puxou-o de volta pelos cabelos macios e já ralos. O rosto de Martin, seus dentes encavalados. Depois se masturbaram, os corpos colados, o cheiro úmido das respirações trocadas, a textura irregular da pele. Martin, mais solto; B recuava. Martin ficou por cima, e B pediu que ele parasse. "Olha pra mim", Martin pediu, então B sentiu o morno do esperma em suas coxas. Parado diante do fogo aceso que aquece o leite, B consegue se lembrar do irrefreável do próprio gozo sobre a colcha verde. O beijo depois foi difícil, belicoso, lutava contra si mesmo. B pega a leiteira e põe um pouco de leite no fundo da caneca, completando-a com café. Toma um pequeno gole. A mulher, paulistana, gosta mais do sabor concentrado da cafeteira italiana, e B prefere para si e para as crianças café coado, mais fraco e mais saboroso, que a mulher também aprecia muito, apesar de não admitir abertamente. Aquela cafeteira Bialetti era dela, e fora trazida de seu intercâmbio na Itália direto para sua quitinete no Copan, onde vivia sozinha e para onde levou B após o jantar no qual se conheceram. Foi naquela Bialetti italiana que ela fez, na manhã seguinte, o café dos dois, para acompanhar uma tapioca deliciosa, com tomate, manjericão e manteiga, que ela ainda faz sempre que B pede. O café para as crianças tinha sido uma polêmica desde cedo: aos quatro anos, o filho pediu para experimentar um pouco. A mulher, tentando dissuadi-lo, fez o café na cafeteira italiana, fortíssimo e sem açúcar. Para a surpresa dos dois, o garoto bebeu tudo, adorou e pediu mais. Desde então, B prepara aos filhos o café que sua mãe lhe servia quando era criança em Minas: muito leite, alguns dedos de café coado (essa porção crescia de acordo com a idade) e um pouco de açúcar. A filha também gosta, mas nunca a submeteram ao teste do café forte. Martin gostava de *espressos* sem açúcar, tomava-os de um gole só. Algo do equilíbrio dos anos anteriores se quebrou ali, naqueles corpos transpirando na cama de Martin. Não podia ter com Martin o que tinha com Sandra, nem era a intenção. "Você nunca fala nada", Martin disse, beijando-o de novo, "quer mais?" O que significava *querer mais*? O que era possível conseguir para além daquilo? O rosto de Martin tão perfeito, acolhido pelas mãos de B, sua boca avermelhada dos beijos. Fazia um calor horrível no quarto, as janelas fechadas, as cortinas tapando o sol impiedoso, a umidade do tempo. B limpou a saliva que ficara em seu rosto, limpou as coxas com um lenço de papel, vestiu-se e pediu para darem uma volta. "Com Sandra você era assim?", Martin perguntou. Talvez a coisa entre Martin e B tenha ficado mais intensa antes disso, antes mesmo do desaparecimento de Sandra, por mais que B saiba que não existe relação direta de causa e efeito, que na verdade tudo tem entre si uma relação mais sistêmica. "Ter você ao meu lado me põe no lugar", Martin disse. Queriam comer alguma coisa. Uma pizzaria do bairro, barata. "Eu só queria que você gostasse de mim", Martin estourou num choro infantil quando o sol tinha acabado de sumir da vitrine suja do estabelecimento. A queda da noite, a hora da bruxa, o momento em que sua mulher enlouqueceu no pós-parto. O rosto bonito de Martin. Aquele choro, de partir o coração, fez com que B cedesse novamente, que fossem de novo ao quarto abafado, que repetissem os mesmos gestos. As mãos de Martin, quando o tocavam por tempo demais, pareciam lhe atravessar a pele, conseguindo chegar a um lugar de si ao qual nem B tinha acesso. Fez uma viagem depois daquele dia? Pensou por muito tempo que seria sempre um homem sozinho viajando pelo mundo. Não se imaginava formando uma família. Não parecia ter esse direito. Resiste à tentação de se sentar à mesa da cozinha, toma mais um gole do café com leite ainda em pé e come o resto do seu pedaço de pão. Estar exausto, suportar aquela tontura até o momento de apagar por completo à noite, como as crianças. E ter o azar de acordar, insone, em algum ponto da madrugada. Seria assim até se acostumar com o fuso horário. E quando se acostumasse, viajaria de novo para o outro lado do mundo, ou para outro estado. Antes da esposa foi, sim, um homem sozinho, conhecendo mulheres sozinhas. Talvez devesse ter tido a coragem de conhecer homens sozinhos também. No último ano em Londres, estava voltando para casa tarde após assistir a um concerto; carregava consigo o estojo do violão, depois de ter passado um dia inteiro na academia. Um homem, parado de pé no metrô, fixou os olhos em B, pacificamente sentado. O desconhecido ficou alisando, por fora da calça, uma ereção evidente. Era alto, de uns cinquenta anos, barbeado, de aparência limpa, bem-vestido. Bonito. B encarou de volta por um tempo, e então desviou o olhar. Já era sua parada, desceu. O homem foi atrás dele, quis saber se era músico, e B explicou que estudava violão na academia. Mas já era um concertista quase célebre, por que dizer isso assim? Definir-se apenas como um estudante? O homem perguntou se B gostaria de jantar com ele. Tinha uns olhos grandes, de uma pureza excepcional, não parecia querer nada de mal. Lembra-se de sentir uma segurança surpreendente. Saíram à rua, e B o acompanhou a um restaurante italiano nem um pouco de acordo com seu orçamento. Lembra-se ainda hoje do sabor de um macarrão com um molho trufado que, por mais que tenha tentado várias vezes, jamais conseguiu fazer igual, e de um vinho italiano perfeito. O desconhecido entendia de música, sobretudo jazz, e convidou B para ir à sua casa escutar uns discos. Aceitou, subiram ao seu apartamento. O homem começou a beijar B assim que fechou a porta atrás de si. Por mais que uma excitação percorresse seu corpo, foram só alguns beijos; logo mais B recuou e disse que precisava acordar cedo no dia seguinte. O homem pareceu se sentir injustiçado, mas o deixou ir. Nem se lembra do nome dele, provavelmente dito apenas uma vez do outro lado da mesa do restaurante, ou ainda nos corredores do metrô. No começo do namoro com sua mulher, ela disse a B: "Quando eu te vi, achei que você fosse gay. Por isso te abordei tão diretamente, pensei que você fosse inofensivo". Aquela palavra: *inofensivo*. Por não desejar sexo com uma mulher, um homem gay se torna mesmo inofensivo? B olha a cachorra na lavanderia, enrolada em sua caminha — com os olhos fechados, ela está adormecida. Até ela consegue dormir... B caminha até o corredor do apartamento. Pela porta entreaberta do quarto do filho, vê os cabelos escuros do menino sobre o travesseiro. Ele se mexe um pouco, vira o corpo, mas não abre os olhos. A boca, sim, sempre está entreaberta:

respirando mal de novo, precisam levá-lo ao otorrino para resolver aquilo de uma vez. A porta do quarto da filha, por outro lado, está escancarada, e com o abajur aceso: ela ainda não tolera o escuro. Deitada de barriga para cima — a menina dorme assim desde que era bebê. Algo no rosto dela diz a B que está sonhando. Devagar, encosta a porta do quarto e segue para o escritório. Mas, antes, ouve o barulho do chuveiro ligado. A mulher já acordou? B entra no quarto e vê a cama branca vazia. Lá está a mulher, dentro do box, virada de costas para ele. Não pode vê-lo, os cabelos escuros alongados pelo peso da água. Ela se vira, esfregando o rosto, os olhos fechados, e B a observa nua: a barriga, com estrias das duas gravidezes, a virilha escura de pelos. Há uma frustração em vê-la acordada tão cedo, pensou que teria mais tempo sozinho. A passos lentos, B se direciona ao escritório, que divide com a mulher: a metade da direita é dela, onde há a escrivaninha e o computador; a esquerda é dele, com os violões pendurados na parede. É o menor cômodo da casa, e ainda assim é um dos lugares onde passam mais tempo. B e seu violão têm certo nomadismo: às vezes ele estuda na varanda, às vezes no quarto do casal, às vezes fica no escritório com a mulher. Os livros também estão espalhados: alguns ali, numa estante do escritório, outros na sala. A escrivaninha da mulher tem livros empilhados. Livros por todas as partes da casa. B pensa que é por causa desses livros espalhados que o filho teve aquela crise com a leitura. O menino seria alfabetizado na escola aos seis anos, mas aos quatro cismou que queria ler e escrever. Dizia não aguentar mais ter de depender do pai e da mãe para ler livros. Aquela angústia: tinha crises de choro quando os pais diziam que ele ainda não estava na idade correta. B deu ao filho um grande sermão sobre a importância de esperar pelo tempo das coisas. No entanto, depois disso, ele começou a ler sozinho: letras e palavras simples, aprendidas quando ele perguntava "que palavra é essa?", e os pais respondiam no automático. Empunhava mal o giz de cera, rabiscava letras, já sabia o que era um A, o que era um B. A culpa também devia ser das letras de plástico colorido, com as quais o menino brincava desde antes de saber andar. Até que B desistiu de dar lições sobre a paciência e lhe ensinou o alfabeto de uma vez. A professora da escola disse aos pais: "Isso acontece com algumas crianças, normalmente quando têm pais ligados a livros ou à escrita. Vocês não têm com o que se preocupar". Agora o menino lê com fluência, escrevendo com seus garranchos, num caderno velho da mãe, coisas que não deixa ninguém ler. O garoto também se mostra curioso para saber como era o mundo antes de seu nascimento. Já compreendeu que tudo não gira ao redor de si, um processo complicado, e isso, em vez de torná-lo birrento ou nervoso — como a pedagoga da escola alertara em uma palestra sobre o primeiro setênio das crianças —, pareceu deixá-lo ainda mais melancólico. Lendo livros, fazendo perguntas, o menino descobriu que não existe apenas a morte, mas também a decomposição dos corpos, e que o mundo estava lá havia algum tempo, e que continuaria lá quando eles não estivessem mais. E que Beethoven, Mozart, Haydn e Schumann estavam mortos. O filho folheava qualquer livro da casa, não se atendo apenas à sua biblioteca infantil, às vezes silencioso, às vezes murmurando palavras aleatórias. B abre o armário branco e, da estante mais alta, retira a caixa preta onde estão as fotos mais antigas, da sua época de solteiro. Com urgência, senta-se no chão, abre a tampa e observa a bagunça de fotografias enquanto ainda toma um gole do café com leite. A mulher quer que ele organize aquelas fotos, mas nunca encontra tempo. Ficam jogadas ali ou metidas em álbuns vagabundos, dos que vinham com anúncios de lojas fotográficas antigas, os anos embaralhados. Nem todas as fotografias que estavam soltas têm o tradicional formato dez por quinze: havia as polaroides, as fotografias em tamanhos maiores, os panoramas, as fotos de passaporte de vários anos. Cabelos diferentes. No topo, nada de Martin. Encontra primeiro uma série de fotos de viagens: Berlim, Viena, uma fotografia com um busto de Beethoven (onde? Vira e vê o verso, mas não anotou o lugar), o Castelo de São Jorge em Lisboa, a Plaza Mayor de Madri, Cartagena das Índias, um parque em Santiago do Chile. Muitas fotografias de Sandra: fantasiada de bruxa, com longas luvas negras até acima dos cotovelos, os belos braços roliços, chapéu pontudo e batom preto. Fantasiada de *Bonequinha de luxo*, bem que se lembrava, as mesmas luvas da fantasia de bruxa. Fotos com os colegas e o professor de violão da academia: Arnau fumando, sentado no alto de uma escadaria externa. B vê as botas dele — ele sempre usava as botas marrons desgastadas, como se fosse um explorador do Ártico, exceto quando subia no palco para tocar: de repente se transformava em um músico elegante. Por que sempre fora condescendente com Arnau? Gostava dele. Sentia-se menos que ele. B o acompanha ainda: esporadicamente, procura por vídeos e gravações do antigo colega, que segue tomando fortes decisões como intérprete. Arnau continua com a mesma cara de insatisfação, mas com ternos muito bem cortados e um som gigante. Uma patada. Uma foto de toda a classe do professor da academia. Nada de Martin. Fotos com Mimi. Ela ainda com os cabelos pintados de vermelho, antes de decidir deixá-los brancos. Mimi a seu lado, em frente à casa: será que Sandra tirou essa foto no mesmo dia em que foi tirada a fotografia de B sozinho diante da porta vermelha? Não, ele está vestido de forma diferente, e com os cabelos curtos, como os de Bream. Anos depois, talvez. Na foto, a pequena Mimi quase não passa de sua cintura, e B sustenta a mão direita sobre seu ombro mirradinho. Observa as próprias unhas compridas — não as cortava desde os doze anos, afinando o formato apenas com as lixas de diferentes granulações. Ele poderia ter permanecido no Reino Unido, se quisesse. Quando lhe perguntavam em entrevistas "por que você decidiu morar no Brasil?", ele inventava uma história. Contou já trinta histórias diferentes, todas verdadeiras. No dia em que disse a Martin que voltaria ao Brasil em definitivo, o amigo não pareceu compreender. Seus últimos encontros foram cheios de perguntas. "Para um inglês, deve ser difícil entender por que alguém quer voltar ao *terceiro mundo*", ele consegue ouvir a voz de Sandra dizendo, mesmo que Sandra não tivesse dito isso nunca, porque já tinha desaparecido. As promessas feitas por B e Martin se dissolveram: se encontrar uma vez por ano, B recebê-lo para uma viagem ao Rio de Janeiro, ir juntos ao México. Poucas vezes se falaram, nunca mais se viram. Já com as coisas quase prontas para a volta, B acordou e sentiu que havia algo estranho na casa de Mimi: ela acordava cedíssimo, ligava o rádio, ficava na cozinha lendo jornal e tomando seu longo café da manhã. A cozinha estava vazia, havia louça da noite anterior na pia, o fogão estava desligado. B chamou por ela. Provavelmente tinha saído. O garoto novo, que ocupava o quarto de Arnau, desceu as escadas; B perguntou se ele vira Mimi sair e o rapaz disse que não. A porta do corredor do primeiro andar estava aberta, assim como a porta do quarto de Mimi. Quando entrou, viu-a adormecida, sentada na poltrona, a cabecinha um pouco tombada para o lado, os olhos fechados. Aproximou-se, chamou-a, tocou sua mão. *Che gelida manina*. Não era possível. Ainda estava de óculos, a pele corada de sempre, não parecia morta. Tentou acordá-la. Não soube o que fazer. Se Sandra estivesse ali, B ligaria para ela e perguntaria o que fazer, e ela responderia o óbvio: ligue para a família dela, ligue para a emergência. Ligou para a filha de Mimi e deu a notícia. Ou foi para a emergência? Haveria jeito de salvá-la? Estava tão ativa no dia anterior. Tinha comprado os ingredientes para o rosbife, estavam na geladeira. Depois disso, não se lembra muito bem. Pequenas coisas inoportunas. Não havia como mudar a passagem de volta para que ele estivesse presente no funeral — B segue achando um horror que os ingleses demorem tanto para enterrar seus mortos. De repente, sentiu que deixar Londres seria um erro, queria ficar ali com Martin, que sempre esteve a postos. Estava pronto. Pronto, como assim *pronto*? Para estar com Martin? Ou para ir embora? Deixou a casa de Mimi assim que o corpo da anfitriã partiu e ficou os últimos dias com Martin. A filha de Mimi, que ele só viria a conhecer naquela ocasião, quis lhe dar de presente alguma herança da mãe. Era uma mulher de cinquenta e poucos anos, e já tinha netos: Mimi tinha bisnetos no interior, onde seria enterrada. Sua família sempre insistia que ela voltasse para a cidade natal, sem compreender que Mimi era uma mulher da cidade grande: a vida cultural e o costume prático de hospedar estudantes. "Ela sempre falava de você", a filha disse, "que você era um jovem educado, charmoso e talentoso, e que vocês iam à ópera juntos." Em um gesto absolutamente bizarro, ou apenas emocionado, ela quis dar a B o piano da mãe. Mas como levar um piano para o Brasil? Então, a filha mostrou a ele a caixinha de joias de Mimi. Por um minuto, B congelou pelo medo de ela ter encontrado um dos baseados, ou então a latinha com haxixe, mas não. Eram os broches de Mimi, que ela colocava na lapela do casaco ou no vestido sempre que saíam. "Leve um para você, e pode dar à mulher com quem você se casar um dia." B, em lágrimas, escolheu aquele broche de formato divertido: um besouro verde, seu preferido. "A filha de Mimi não imaginou que você poderia se casar com um homem?", Martin perguntou quando B contou a história. "Ou que você mesmo queira usar esse broche?" "Eu não vou me casar com um homem", B respondeu. "Como você tem certeza disso?", Martin perguntou. "Eu não tenho", B reconheceu. Sentia-se tão cansado. Voltou ao Brasil e não pôde ligar para Mimi dizendo que tinha chegado bem à casa de sua família. Não pôde mandar um cartão-postal. Anos depois, daria o broche à sua mulher, e ela o usaria bastante. O rosto de Martin. Parece haver uma conexão entre a estranheza da Inglaterra e a estranheza daquele tempo sem forma. É um país insólito, uma ilha, que era e não era Europa, se colocando como uma coisa *outra* que o resto do mundo, onde a realeza não tinha sido fuzilada, mas seguia no alto de seus escândalos. O individualismo, a frieza emocional, a discrição, a ideia de que existiu algum dia no passado em que não havia sinal de decadência, mas glória absoluta. O lugar onde B se expôs e onde abandonou sua fragilidade. Ele agora via isso no filho, na sua liberdade para chorar quando estava angustiado: tinha de frear a si mesmo para não dizer "que feio, menino grande não chora; passou, não doeu", e em vez disso apenas abraçá-lo, partilhar da dor inaugural de quem descobre os males do mundo e de si. O filho foi um bebê que mamava compulsivamente, que se aborrecia muito fácil, e hoje é um menino de sete anos que faz tudo sozinho, cantarolando sem parar, e com alto poder de negociação com os pais, cheio de argumentos. Nele havia algo de Martin — agitado, indócil, surpreendente. Por mais que B tenha sido um menino ativo, não se lembrava de ter sido uma besta-fera como o filho. Martin também dormia bem, a noite toda, enquanto B sofria com insônias no quarto abafado, deitado num colchonete no piso. O carpete malcheiroso não parecia incomodar seu anfitrião. Pelo que sabe, Martin ainda mora em Londres. Se casou com um homem que não era músico, nem era do meio artístico; tem alguma dessas profissões da organização e da necessidade, como as exercidas pelos seus vizinhos tediosos. E o ofício do músico não é necessário? Nunca imaginou que Martin um dia fosse se casar, porque casar demanda, de alguma forma, fazer concessões íntimas que ele nunca vira o amigo fazendo a ninguém. O barulho de água corrente é cortado. B levanta os olhos, como se esperasse ver a mulher diante de si, mas sabe que ela ainda vai demorar a chegar ao corredor: precisa cumprir o ritual de pentear os cabelos, passar os cremes no corpo e no rosto, vestir-se. Voltando a atenção para a caixa, B encontra uma fotografia da masterclass dada por Sérgio Abreu. Foi quando? Talvez em 1995, 1996. Ele havia acabado de voltar e também fora convidado para dar aulas no mesmo festival. Todos estão de pé, em frente a uma parede, mas há tanta gente... B percorre a fotografia e encontra rostos de colegas, alunos, alunas, gente querida. Deveria colocá-la em um porta-retrato. Era o mesmo Sérgio Abreu do disco que comprara em sua cidade e que o tinha deixado desconcertado e perdido de si. Apenas naquele ano foi entender que a imagem de Sérgio Abreu como um sujeito recluso é uma lenda: apesar de reservado e refratário, mantém um diálogo muito franco com todos os violonistas ao seu entorno, atento ao que está sendo construído. Os alunos do seminário se reuniram antes da chegada de Sérgio, e o organizador fez muitas recomendações: poderiam levar qualquer questão a ele, desde que não atingisse o âmbito pessoal; a conversa deveria ser exclusivamente sobre violão e música: madeiras, técnica, cordas, partituras, arranjos, gravações, unhas. Não valia perguntar por que Sérgio parou de tocar, por que o irmão dele parou de tocar, por que o Duo Abreu acabou, ou por onde andava Eduardo Abreu: isso seria invasivo e sobretudo constrangedor. As perguntas foram bastante comportadas. Três alunos do seminário foram escalados para tocar. Sérgio começava perguntando ao estudante se havia algo na execução que ele próprio não gostava, ou alguma passagem em que apresentava mais dificuldades. Depois, ia pedindo aos alunos que tocassem mais lento. "Não, não, toca devagar mesmo, como se fosse em câmera lenta", lembra-se e ri, recordando a falta de jeito, o tremor nas mãos dos alunos em estar diante de uma figura tão importante e que não ligava para a própria importância. Foram tocando em andamentos vagarosos ao extremo, vagarosos a ponto de se tornarem cômicos, o que permitia que entendessem qual era o problema na execução. Não era uma metodologia nova — B sempre havia estudado tocando devagar para depois acelerar —, mas presenciar a simplicidade do método de um virtuose, hoje luthier, fez com que B percebesse que boa parte do trabalho da música era apenas emprestar um ouvido. Acontecia, inclusive, de os estudantes perceberem sozinhos qual era a questão, sem que o professor a apontasse. Aos poucos, Sérgio pedia que fossem aumentando a velocidade e, como mágica, tocavam a passagem complicada à perfeição. Percorre os olhos pelos rostos dos alunos na fotografia, pelo seu próprio rosto, por Sérgio Abreu, que parece estar o mesmo, apesar da passagem do tempo. Na fotografia, B se vê bem mais alto que Sérgio, contradizendo sua impressão equivocada de que o luthier é do seu tamanho, ou até de estatura superior. Uma figura bem difícil de cercar... B considera a primeira vez que falou com Sérgio Abreu um desastre total. Fazia dois anos que estava na universidade, já no curso de violão. Enquanto Graça, sua maior referência de violão até aquele momento, era uma pessoa desse mundo, de carne e osso, Sérgio Abreu era apenas uma ideia sem corpo. Até hoje ele tem esse aspecto de abstração: B não imagina Sérgio Abreu se aposentando da luteria; é como se estivesse disponível para fazer aquele trabalho eternamente, apesar de estar com quase setenta anos... Foi em um concerto de violão. Não, talvez um festival; sim, era um festival. Sérgio estava de pé, encostado num canto, com os braços cruzados, vestido com a camisa xadrez costumeira. B não resistiu e foi lá se apresentar, apertar a mão dele, dizer que era dono de um dos seus violões. Sérgio foi seco, mas não antipático. Distante, perguntou como andava o instrumento, e B respondeu: "Ótimo! Excelente!". Na verdade, ainda lutava com o violão, porém jamais conseguiria dizer isso — não só pelo nervosismo, mas porque era uma questão tão complexa que nem saberia por onde começar. B quis saber, então, se Sérgio estava gostando do concerto. Que pergunta idiota, uma pergunta que não se faz, uma pergunta que ele deixou de fazer — mas sua mulher sempre fazia: "Gostou do concerto?". *Gostar* para B não era mais uma medida possível para se falar de música. É uma postura arrogante? Desde antes de ir para Londres, a questão do gosto lhe parecia pouco profunda. Aquela necessidade jovem de se exibir, de se ver incluído, de apertar a mão de homens importantes, apresentar-se ao grande mestre. Que desastre! Prometeu a si mesmo que *nunca mais* conversaria com Sérgio Abreu mais que o necessário. Ouve passos no corredor, a mulher se aproxima do escritório. Alta, com os cabelos soltos e molhados, ela parece pálida vestida no velho roupão branco. "Resolveu dar um jeito nessa bagunça?", pergunta, sussurrando. "Estou procurando uma coisa. Você acordou cedo. O que foi?" "Fiquei menstruada. A cólica me tirou da cama", ela responde, fazendo uma careta, "mas já tomei remédio. Isso é café?" "Fiz na Bialetti. Ainda tem um pouco, mas não sei se esfriou. E fui na padaria." "Ótimo." A mulher sai de imediato. Uns anos depois daquele encontro vergonhoso com Sérgio Abreu, B o visitou para realizar uma manutenção no seu violão, antes de partir para a Inglaterra. Pegou o instrumento, entrou em um ônibus para o Rio de Janeiro e, no dia seguinte, na hora marcada, foi ao ateliê de Sérgio Abreu. Cumprimentou-o. "Ah, você é o garoto que vai estudar fora", o luthier disse, com um sorriso satisfeito. B apenas fez que sim com a cabeça, entregou o violão e se sentou numa cadeira para esperar, enquanto o instrumento era levado para uma salinha contígua. De onde estava sentado, B podia observar que Sérgio, em vez de tirar corda a corda, pegou uma tesoura e, grosseiramente, cortou-as todas, bem rente ao cavalete. Aquele gesto, é claro, fez com que sentisse um mal-estar imediato. Já ouvira outros relatos da brutalidade com que Sérgio tratava os instrumentos, mas nunca soube de algum dano que ele teria causado. Por um momento, B pensou em dar uma volta: ir ao Jardim Botânico, que não conhecia, dar uma caminhada, visitar um dos tantos museus e galerias de arte que tinha pensado em conhecer no Rio, ou até mesmo pegar um cinema. Mas não quis incomodar o luthier: poderia soar inconveniente a pergunta de quanto tempo o instrumento demoraria para ficar pronto, ou sobre quando ele poderia voltar. Nem sequer pegou da mochila o livro que levara para ler: ficaria lá, sentado, calado, olhando para o nada, enquanto Sérgio trabalhava. Na verdade, havia até um conforto em ficar sentado naquela cadeira, sentindo o perfume doce das madeiras do ateliê... De vez em quando, Sérgio Abreu saía da salinha, dava uma olhada em B, que, ainda calado, olhava para Sérgio de volta, e só. Passado um tempo, Sérgio apareceu e disse: "Escuta, você não quer fazer alguma coisa, não? Quer que eu te dê um violão para você estudar?". B aceitou. O luthier lhe trouxe o primeiro violão que construíra. B já tinha ouvido muito a respeito desse violão: um instrumento pequeno, feito para Monina Távora a partir de um Hauser de 1930 que Sérgio desmontara. B começou a tocar, ainda sem dizer uma palavra. Enquanto todo mundo parece, até hoje, se surpreender com o fato de que Sérgio Abreu decidiu abandonar sua brilhante carreira internacional, B não tem dificuldade em compreender por que um artista talentoso como aquele optou por se tornar um luthier. Bastaria a excelência dos violões Abreu para justificar uma decisão dessas. O próprio B diminuiu a agenda de concertos depois do nascimento dos filhos, não podia mais continuar se submetendo a tantas horas de estudo em quartos de hotel, até mesmo em aeroportos, e comer mal, sempre fora do fuso, tonto de horas de avião; passou a aceitar mais alunos. Não há sensação pior do que se ver doente e em viagem, um resfriado qualquer já é um pesadelo. Para ele, está claro que um homem que chega a ser o violonista que Sérgio Abreu se tornou e desiste da carreira não quer saber de encontros grandiosos, entrevistas, jantares, eventos sociais, a vida de celebridade. Uma questão de personalidade. Então, ali no ateliê, B achava que devia isso a ele: o silêncio. Ficar calado, não incomodar. Simplesmente tocou. Nem sequer pegou as partituras, que deviam estar dentro da mochila: foi estudando coisas que já sabia naquele violão delicioso. Depois de um tempo metido na salinha, Sérgio saiu e disse a B que não era muita gente que conseguia tirar um som bonito daquele violão da Dona Monina. B ficou contente com o elogio. Meses depois, descobriria que um de seus alunos já tinha ouvido aquilo de Sérgio, e que era algo que o luthier falava a qualquer um que soubesse onde estava o próprio nariz. Ao longo da manhã, o luthier saiu da salinha algumas vezes. Aproximava-se devagar de B e dava algumas dicas. "Inclina a mão um pouco assim", e o som saía melhor; depois, um excelente conselho sobre determinado ponto do *Estudo nº 10* do Villa, para fazer com que uma nota saísse mais clara... poucas coisas, mas valiosas e inesquecíveis. A eficácia da simplicidade. A voz de Sérgio não se perdia da lembrança, com aquele sotaque carioca, carregado e antigo, como se ele pertencesse a outro tempo. Pertencia. Não olharam partituras: por mais que a partitura ficasse no corpo de um intérprete, era impressionante que o luthier se lembrasse de tudo aquilo. Na hora do almoço, Sérgio indicou a ele um lugar para comer — o luthier sabia de todos os melhores restaurantes baratos do Rio de Janeiro, conhecimento do qual B ainda usufrui: pôde impressionar sua mulher em uma das primeiras viagens que fizeram juntos, levando-a a um restaurante português oculto e delicioso. Depois de almoçar, B voltou ao ateliê e ao violão de Monina Távora, e Sérgio Abreu continuou a dar conselhos a respeito de cada música executada. Ao fim do dia, o luthier lhe entregou seu violão. Depois que B tocou um pouco e percebeu que tudo estava mais que em ordem — de fato, o som do instrumento agora era outro —, Sérgio falou: "Agora quero te levar lá na minha casa. Vou te mostrar o violão que não me deixa dormir". Apesar de ser perto, foram de táxi: já havia escurecido. Quando chegaram à grande sala do apartamento de Sérgio, ele colocou nas mãos de B o lendário Hauser de 1930. B tinha apenas vinte e dois, vinte e três anos de idade, acabara de se formar, e de repente estava diante de um instrumento lendário: um violão especial, potente, talvez o violão mais ilustre que teria em mãos em toda a sua vida. Ao segurá-lo, sentiu o suor brotando nas mãos trêmulas, nas axilas já suadas por causa do dia quente de trabalho. Um violão que passara pelas mãos de Segovia, pelas mãos de Monina Távora, que acompanhara toda a carreira dos irmãos Abreu, e que agora estava ali. B se sentou e tocou um si solto: nasceu um som que parecia vindo de outro lugar, de fora do instrumento, fora de tudo. Tocou mais duas ou três notas no violão e o devolveu ao seu dono. "Quero te ouvir", disse B. "Ah, faz tempo que eu não toco nem umas escalinhas, tô com a mão meio dura", Sérgio se justificou, mas se sentou com o violão no colo. B foi para o outro lado da sala e de lá escutou um dos sons mais estupendos de sua vida, uma música lindíssima, que lembrava um pouco o *Coral* da *Suíte compostelana* de Mompou, uma das peças que B mais amava. Quando Sérgio terminou, B perguntou o que era aquilo, e ele respondeu: "Isso? Ah, isso aqui não é nada!", antes de começar a rir. Seria possível que Sérgio Abreu tivesse acabado de *improvisar* uma sequência de acordes apenas para mostrar como o violão funcionava, uma sequência que B guardou na memória e às vezes toca para si mesmo? Ao receber de volta o violão, B tocou um pouco mais, talvez justo o *Coral* da suíte de Mompou, mas resistiu ao impulso de ficar explorando demais: apenas olhou o Hauser de perto e pensou que era *demais*, que ele precisava respeitar aquilo. "Você não aproveita as coisas que recebe", disse Martin quando ouviu essa história contada por B, anos mais tarde. Só teve coragem de contar isso à mulher e a Martin, mais ninguém. Não queria mais tocar: devolveu o violão para Sérgio, que o convidou para jantar. O luthier abriu uma garrafa de vinho branco para acompanhar um macarrão com atum, que já estava pronto na cozinha, feito por Margarida, a empregada que cuidara da família Abreu por anos. Por mais que fosse uma refeição simples, havia ali cuidado e intenção. Ficaram conversando, e B mais escutou do que falou. Ateve-se a responder às perguntas que o luthier fazia: o início dos estudos, como e com quem B tinha estudado, como tinha sido a prova para a academia. Até que, em dado momento, depois de algumas taças, Sérgio entrou naquele assunto. Enquanto falava de um célebre regente que conseguia tirar *qualquer coisa* de sua orquestra e, mesmo assim, nunca se sentiu satisfeito com seu trabalho, Sérgio disse que tinha essa impressão sobre si mesmo, que nunca conseguiu chegar ao nível que gostaria como intérprete. B ficou assustado. Não queria ouvir aquilo da boca dele. Mas lá estava ele, sob toda a timidez: o apuro. "A carreira de solista é um pouco sinistra, é preciso tomar cuidado", advertiu Sérgio, como se não quisesse que B se machucasse. No futuro, quando estivesse muito cansado, como está nesta manhã, B ainda ouviria essa palavra, e seguiria ouvindo-a em muitas situações, ao se ver em dias de estudo que parecem inúteis, nos quais não se consegue avançar em nada. Em momentos em que o estudo apenas parece *piorar* as peças, ou depois de dar um concerto ruim, ou infeliz depois de um dia de gravação, ouviria aquele adjetivo, *sinistra*, no sotaque e na voz de Sérgio Abreu. Depois do jantar, apertou a mão do luthier, agradeceu por tudo e foi embora. Hoje, mais velhos, bebem vinho juntos, contam piadas, trocam arranjos, pedem opiniões, mas a conversa nunca mais atingiu aquela honestidade. Aquela abertura. Da última vez que se viram, B sentiu Sérgio mais alegre, como se tivesse rejuvenescido... Um homem idoso, que vive sozinho, sem esposa e sem filhos, e que, como todos os homens que vivem sozinhos, é vítima de tudo o que se pode inventar. Muito se especulava sobre Sérgio Abreu, e B sempre achou isso muito vulgar. A mulher volta ao escritório e liga o computador, pousando a caneca no porta-copos. "Não esfriou o café?", B pergunta. "Não, tá quentinho ainda. Você mexeu nos porta-retratos." "Devolvi um porta-retrato que amanheceu no banheiro, não sei o que estava fazendo lá", ele responde. Ela se vira para B, olha-o por alguns instantes e depois volta a atenção para o computador. "Pensei em levar os meninos para a pracinha quando acordarem", ele diz, "dar uma canseira neles." "Boa ideia", a mulher responde, e coloca os fones de ouvido. A partir desse momento, B sabe que pode falar qualquer coisa, que ela não quer conversar. Vasculhando a caixa, encontra um postal estampado com uma pintura: uma mulher jovem, branca, em um volumoso vestido branco, com uma fita azul adornando um penteado complicado, um violão no colo. Ela é vista por um ângulo oblíquo, meio de lado na cadeira, exibindo apenas as costas do violão. É um quadro de Manet, B reconhece, e então vira o cartão-postal. A letra caprichada de Martin: "Uma de suas colegas de trabalho". Lê a descrição, *The Guitar Player*, 1866, Hill-Stead Museum. O violão, quando na mão de damas, sempre em ambientes domésticos, versus o violão de pinturas espanholas, na mão de ciganos, de rapazes, versus o violão da boemia, sem valor, sem respeito, não podendo ser tocado em público pelas moças de família. Hoje, de cada dez violonistas que conhece, apenas uma é mulher. Como pode um instrumento alternar de forma assim errática conforme o gênero? A mulher começa a digitar, imediatamente concentrada no trabalho. Assim como lhe invejava o sono, lhe invejava o foco instantâneo: B demora muito até entrar em um ritmo de concentração. No fundo da caixa, ele encontra um papel de seda cor-de-rosa, bastante desbotado e quebradiço — ao toque dos dedos, já se desfaz. Com cuidado, B desvela algumas fotos que estão envoltas nele. Ao longe, os dois rapazes: B ao lado de Martin em um parque. A foto está bem desfocada. Parece o Hyde Park, porque há uma massa verde de árvores que B reconhece, de memória, uma paisagem tediosa que poderia muito bem ter sido confundida com qualquer parque. Ambos estão segurando casquinhas de sorvete de creme, bastante derretido, e usam óculos escuros. É uma pena, porque não é possível ver os olhos de Martin. Aquele sorriso de criança, os dentes pequenos meio tortos, apontados, B começa a se lembrar. O bigode ralo que foi ganhando corpo com o tempo, como se numa puberdade tardia, o pomo de adão. Continuou mexendo nas fotos: Sandra no camarim do Wigmore Hall, no dia em que a tarraxa quebrou, com os braços abertos, sorrindo, de vestido preto, meias cinza e botas. Mais uma foto de Sandra, em frente ao Panteão de Paris, usando uma camiseta larga enfiada por dentro dos shorts vermelhos de cintura alta e sandálias de couro. Os pés dela eram minúsculos. Fotografias de um Natal. B observa cuidadosamente, mas não encontra o rosto de Martin em canto algum; até que vê ali a cabeça dele, de costas, o cabelo alourado, a nuca. Em outros registros, vultos de mulheres, vultos de homens com seus ternos, todos tão semelhantes, busca Martin nos cantos. B se lembra da sala cheia durante a derrubada do muro, da queda de Thatcher, de catedrais, e das mãos de Julian Bream rompendo a carne sagrada do domingo. O mal do esquecimento coletivo, o mal das histórias contadas com descuido e apagadas sem acidente; o espaço vazio de uma lembrança que não pode ser agarrada. Deseja de novo ouvir a revolta de Sandra, sua voz o censurando. Não quer necessariamente voltar no tempo, mas ver o que há agora naquela mente cheia de justiça. Fotos dela numa praia, mas qual? Uma praia de pedrinhas. Todos que morreram antes dele. Mausoléus. Calar o mundo. O encanto pela juventude. Um belo ano. Um ano feio. Duas línguas. Nem os mortos desaparecem assim. O rosto de Sandra tão evidente, tão provocativo nas fotografias: sentada numa toalha sobre um gramado; bem recostada no corpo de B, ela parecia ainda menor. Menor, menor, menor, até sumir. Martin tinha tirado aquelas fotografias, lembra-se. Mas nada dele, nada do rosto de Martin. Foto de um pub lotado. O foco estava no rosto de Arnau, sempre taciturno. Lá, ao fundo, olhando por cima do ombro, outra sombra do rosto de Martin: no lugar de seus olhos verdes, pupilas tingidas de vermelho pelo flash da câmera, os caninos pontudos em um sorriso. Para quem sorria? O rosto triangular, nada mais que isso, com um belo queixo acabando-se no invisível da lembrança. Sem paciência, revira agora as fotos sem se deter em nenhuma; até que, no fundo do papel de seda delicado, encontra uma foto de passaporte, com seus ares oficiais, e nela se revela finalmente o rosto sério de Martin.

Nota

Este romance contém trechos modificados de livros, aulas, palestras, entrevistas, podcasts e programas de rádio, dos quais me apropriei livremente. *Duas línguas* foi escrito com a guiagem de Maraíza Labanca, sobretudo durante a pandemia de covid-19, a quem agradeço, junto da revisão profunda e preciosa de Marina Munhoz. Agradeço às amizades Ana Cláudia Romano Ribeiro, Carolina Moraes Santana, Deborah Souza, Dudu Barreto, Fábio Zanon, pela generosidade absoluta, Fernanda Zanon, Frederico Santiago, Ísis Biazioli, Júlia Arantes, Julio Abreu, Leonardo Silva, por receber este livro, Sidney Molina, Tatiana Bicalho, ao nosso Sindicato, e a todo mundo das Estratégias Narrativas.

L. C. R.

O invisível da lembrança:
Notas sobre a leitura de *Duas línguas*

> *De vez em quando ainda sinto uma falta dele*
> *como quem sente falta de olhar para uma paisagem.*
> Laura Cohen Rabelo, *Ainda*

1

B, violonista, nasceu em 1964. No presente da narrativa ele tem cinquenta e um anos (como eu no momento em que escrevo este posfácio).

2

"Em frente à porta vermelha, seu pé direito estava firme um degrau abaixo do pé esquerdo, que já se preparava para descer." Antes, a epígrafe dos Smiths — *"Will nature make a man of me yet?"*, verso da canção *This Charming Man* — e a lembrança da voz do Morrissey tinham evocado um clima queer, me levado para os anos 80 e para algum bairro inglês, onde fica a porta vermelha e onde está o pé pronto para descer um degrau do *incipit*: entramos no romance com o pé esquerdo de B, um rapaz "que não pertencia àquele lugar". É a primeira aparição de B, violonista brasileiro que tinha "um desajuste em seu rosto. Só depois dos quarenta aprenderia a sorrir direito". Mais precisamente, é a fotografia de B vista pelo próprio B, muitos anos depois. Ele estranha a falta de Martin naquele registro. Quem é Martin? Martin é uma nota tocada pela segunda vez dezoito páginas depois e, pela terceira vez, dezesseis páginas adiante.

A partir daí, a nota Martin não cessa mais de ser tocada e ouvida. Mais que uma nota, Martin é um tema.

3

"O cachecol mal enrolado em volta do pescoço, com as pontas caídas sobre o suéter listrado, deixava o rapaz com a aparência de alguém que não pertencia àquele lugar." A foto está em um porta-retrato, na pia do banheiro. A mulher de B está na cama, adormecida, mas sofre de "sonambulismo organizacional". Coisas acordam fora de seus lugares: "a chave do carro na geladeira, a pasta de dentes no guarda-roupa, uma laranja no armário de produtos de limpeza, a garrafa de água gelada suando perigosamente sobre uma estante de livros". "O porta-retrato na verdade fica no escritório." E B? Qual é o lugar de B?

4

B acorda, vai ao banheiro, se olha no espelho, vê um porta-retrato na pia, faz a barba, leva o porta-retrato para o escritório, se prepara para levar a cachorra para passear, pega a lista de compras, vai à padaria, volta, dá água e ração para a cachorra, toma um copo de água, coloca roupa para lavar, guarda as compras, faz o café, esquenta o leite, prepara um pão com manteiga e termina sentado em seu escritório, olhando fotografias. Fluxos de consciência caudalosos atravessam cada uma dessas etapas. Cada gesto e cada pensamento do presente da narrativa evocam episódios da infância, da juventude e da vida adulta de B, misturadamente, em contrapontos narrativos.

5

Duas línguas é um romance de formação. B rememora como se tornou esse homem que está se olhando no espelho do banheiro de seu quarto enquanto a esposa ainda dorme. Ele alterna: olha-se no espelho e olha-se na fotografia em que se vê bem jovem — a fotografia é outro espelho.

6

B não dorme bem. "O sono todo fora do lugar. B foi insone a vida inteira e dorme menos a cada aniversário, um fenômeno assustador." "Dormir em voos, aprendeu" (ele viaja para dar concertos em vários países). Sandra, uma antiga namorada de B, "dormia bem e pesado, como dorme a esposa lá no fundo, o corpo atravessado na diagonal, sem deixar espaço para B". Martin, antigo amor, dorme a noite toda. "As crianças dormem muito e bem." Elas permanecem dormindo durante todo o romance. A cachorra, até a metade.

7

Martin Fleming, pianista. "O rosto de Martin." "Olhos de um verde manchado. Como as costas de um sapo." Para B, algo nos autorretratos de Dürer lembra Martin. "Mas o quê? Não era a face fina de Dürer, porque o amigo tinha aquelas bochechas altas... era outra coisa. O cabelo claro, o verde dos olhos? O nariz grosseiro, as sobrancelhas? Ou apenas a impetuosidade, o porte? O rosto de Martin."

8

B de Bouchet (um violão de 1964 que seu professor lhe emprestava durante as aulas e as apresentações), B de Bobrowicz (o Chopin do violão, segundo Liszt), B de Beatles, B de bígamo, B de Bream (Julian Bream, violonista inglês que dizia ter aprendido a tocar com uma posição equivocada da mão), "o tom feminino na voz de Julian Bream", B de *Bonequinha de luxo*, B de barba, B de bissexual, B de banheiros públicos, B de baque, B de Benjamin Britten, B de boiola e bordel, B de bicha, brutalidade e beleza.

O violão, "um instrumento de dois mundos", Martin disse uma vez, "como você mesmo sempre parece ocupar dois mundos".

"Hoje, [B] sonha nas duas línguas."

9

Uma das estratégias composicionais de *Duas línguas* — e que caracteriza excelência na lida com a língua — é a fusão de ideia e forma. A forma mostra o presente e o passado de B entrelaçados. Mais especificamente, um surge do outro: o presente da fotografia na pia do banheiro, o passado na fotografia tirada na Inglaterra havia anos; o presente da rememoração do passado rememorado. Há um trânsito não-hierárquico entre essas temporalidades. Uma se enlaça na outra, e isso é dito na sintaxe e na disposição vocabular. Por exemplo, ao se lembrar de um episódio de assédio em que foi vítima de um professor que admirava, "B se pergunta se ele mesmo, aos cinquenta e um anos, sendo levado pela guia da cachorra, entende alguma coisa do acontecimento". A sensação de não ser dono da situação aparece nas duas épocas, em situações muito diferentes, amplitudes diferentes. A banalidade do passeio cotidiano com a cachorra implica em sensações físicas que traduzem algo vivido no passado. Signos se repetem numa lógica próxima da lógica do sonho.

10

Mais um exemplo de imbricação de rememoração e presente da narrativa mediante um gesto fundamental está num trecho em que B está na padaria comprando pão e "entrega educadamente a cesta para que a atendente embale e pese os pães". Imediatamente antes disso, B se lembra de um ato de crueldade de Segovia (Andrés Segovia, célebre violonista espanhol) em relação a um aluno, e uma frase sintetiza um dos aspectos em jogo nesse episódio: "a mística do gênio espontâneo". Parece-me que o verbo "pesar" funciona aqui como mediador das lembranças. B pesa as consequências do que Segovia disse ao aluno, pesa as consequências da crença no gênio espontâneo, pesa e relativiza o comportamento de artistas que cresceram no entreguerras, "em um mundo da música muito dominado por mentalidades ditatoriais". Ou seja, aqui também parece haver algo da lógica do sonho, em que um gesto, o de pesar (e embalar, comprar) está num âmbito concreto (da padaria) e num âmbito ético (o mau-caratismo de certos gênios, como diria Sandra).

11

Outro exemplo de entrelaçamento entre presente e passado no que é narrado e na forma da narração está em um trecho-redemoinho, que move espirais do presente e de vários momentos do passado. B, já de volta do passeio com a cachorra, em meio à lembrança de que, segundo lhe contaram, Julian Bream "*fica com os dois lados*" (não disseram "bissexual"), lembra-se de ter dificuldades para encontrar o caminho de volta para sua casa. Essa lembrança o leva de volta a Londres e às tantas vezes que pegou o ônibus ou o metrô errado, e depois, de volta a São Paulo e à dificuldade de memorizar os nomes de ruas, e então, o leva para o espanto da esposa em face do que ela pensa ser distração, esquecimento, erro, e por fim, o leva a Martin, que percebia as inconsistências de B e o amava mesmo assim. B se perdia, B "não se encaixava". Sua falta de lugar absoluto é o nascedouro de suas ambiguidades.

Nesse trecho (e em tantos outros), a dificuldade de olhar para a própria bissexualidade enrustida é colocada ao lado de figurações concretas de perda de direção. Isso culmina, algumas linhas depois, quando B recebe uma notícia que o impacta: "a cláusula 28 — que proibia as pessoas de *promover a homossexualidade* ou de *publicar materiais com a intenção de promover a homossexualidade ou ensino em qualquer escola da aceitação da homossexualidade como suposta família* — fora revogada no Reino Unido". O impacto é tão grande que B não consegue mais pegar no violão, ler e ouvir música; quase bate o carro. O que não podia ter existência legal agora tem. Isso facilita olhar para a coisa sem lugar, localizá-la, nomeá-la. O que poderia ter sido e não foi, agora passa a ser possível em termos civis. Imagino B olhando longamente a alegoria da *Melancolia* de Dürer, e o olhar da figura feminina torna-se o olhar de B. Em alguma fanfic de *Duas línguas,* B poderá formar família com Martin, casar-se em segundas núpcias com Martin, chamá-lo de marido, identificar-se como bissexual ou como gay ou como queer ou como quiser, sem que falte palavra para isso.

12

A imbricação de passado e presente também dá oportunidade para que palavras de campos semânticos semelhantes sejam aproximadas, o que cria um jogo podendo conter um humor quase nonsense — poderíamos dizer um humor inglês, localizado ao pé da palavra. Os nomes motivados, por sintonia ou contraste, são um exemplo disso (a professora Graça Saltarelli, da universidade; Tubarão, um ex-professor do conservatório). Outro exemplo: a narração da rememoração joga o foco em Martin fazendo parte do Clube do Choro, em seguida, "B sente seus olhos se encherem de lágrimas". Mais adiante, num quartinho atrás do piano que ficava no bar onde o Clube do Choro tocava, B percebe, "com a pupila contraída", que os olhos de Martin "tinham tons de verde um diferente do outro" e, algumas linhas adiante, voltamos para o presente da narração e encontramos B transtornado pela lembrança: "Chorar ali no meio da rua?". O choro e o choro. Os olhos enxergando o que não tinham enxergado ainda. Nonsense e melodrama. A língua literária trabalhada tanto em suas menores unidades quanto em sua macro-organização.

13

É curioso pensar que o jogo de palavras como recurso estilístico e semântico está no texto latino de uma obra contemporânea de Dürer, *A utopia,* do inglês Thomas More, que traduzi e ficou viva na minha memória por causa desses jogos. A repetição, nem sempre percebida, é um elemento-chave desse recurso, inclusive em termos rítmicos. É ela que rege o gênero "tema e variações" — As variações Goldberg, de Bach, selam um momento em que B e Martin fundem-se. B não sabe ao certo quem disse o quê, os dois poderiam ter dito a mesma coisa: "Conversando com Martin naquele domingo, B se sentiu separado do mundo: uma calorosa utopia a dois". Um movimento pendular: a utopia como bom-lugar, a utopia como não-lugar.

14

Mais um exemplo de um trecho em que a repetição, questão existencial fundamental, é sintetizada num ato: B está se barbeando: "Termina de passar a lâmina na bochecha esquerda, direcionando-a para a direita, a parte difícil". "A lâmina de um novo desejo." Aprende-se a barbear barbeando. "O aprendizado através da repetição, a cantilena de refazer o que já se sabe diante do espectro simultaneamente desejado e assustador do futuro." A concretude de uma lâmina de barbear e do ato de raspar os pelos desdobra-se na questão da repetição, questão geral que se particulariza em positividade ou negatividade na relação de B com o piano, com o violão, com os vizinhos, com as composições de Piazzolla, com Martin. O futuro é lugar e tempo de angústia, marcado pelo peso da liberdade.

15

Duas línguas é um romance-vitrola. Ou fita-k7. Obcecados anotarão a playlist de Duas línguas, ela mesma um mapa dos acontecimentos da narrativa: This Charming Man, dos Smiths; La Bohème, de Puccini; Farewell, de Dowland; Dilermando Reis, Canhoto, modinhas, boleros; Concertos para a juventude (na tevê); Beethoven, Liszt, Bach, Haydn, Mozart; Música aquática, de Händel; Concertos de Brandemburgo e Suíte para violoncelo, de Bach; Première Grande Polonaise, de Bobrowicz; A batalha dos hunos e Nuvens cinzentas, de Liszt; Sargent Pepper's, dos Beatles;

O corta-jaca, de Chiquinha Gonzaga, e outros choros tocados no Clube do Choro; as óperas *Turandot* (Puccini), *Carmen* (Bizet) e *O barbeiro de Sevilha* (Rossini); *La Maja de Goya*, de Granados; *Kinderszenen*, de Schumann; *Duas mãozinhas no teclado (método para piano para crianças desde 4 anos), 120 músicas favoritas para piano 1º, 2º e 3º volumes, Curso de piano*, de Mário Mascarenhas; *História do tango, Libertango, Tango suíte, Concerto para bandoneón, violão e cordas, Adiós Nonino*, de Piazzolla; *O pássaro de fogo*, de Stravinsky; o disco *Os violões de Sérgio e Eduardo Abreu; Diálogo para violão e cordas*, de Mahler; *Fantasia para um fidalgo*, de Joaquín Rodrigo; *Concerto do sul*, de Manuel Ponce; *Doze estudos para violão* e *Estudo nº 12*, de Francisco Mignone; Radamés Gnattali; *As variações Goldberg*, de Bach, e também BWV *999, 998, 997, 996; Prelúdios, Choros, Estudos, Concerto para violão, Suíte popular brasileira*, de Villa-Lobos; Haydn, Mozart, Beethoven; *Nocturnal*, de Benjamin Britten; *Gaspard de la nuit*, de Ravel; a trilha sonora de *Todas as manhãs do mundo*, Sor, Ponce, Brouwer; *Lágrima*, de Tárrega; Scarlatti; *Quatro peças breves*, de Frank Martin; *Cinco bagatelas*, de Walton; *Homenaje*, de De Falla; *Esordio* da *Sonata*, de Alberto Ginastera.

16

Concluo essas notas de leitura pensando em *Duas línguas* como um romance que coloca par a par emoção artística e emoção erótica. A relação com a música (o repertório para violão, em primeiro lugar) e a relação com o amor (por um instrumento musical, por uma pessoa) se desdobram no tempo da narrativa no que ela possui de mais vital: a capacidade de narrar modos de perder-se de si. O invisível, o indizível: a literatura dá conta.

Ana Cláudia Romano Ribeiro

Duas línguas é para
Bruna Kalil Othero, agruras e gostosuras estrangeiras;
Carlos Palombini, várias longas histórias;
Davi Avansini, trilha sonora;
Igor Reyner, nosso *enfant terrible*;
Luciano Morais, conversa e catábase;
e Sérgio Abreu, em memória.

DUAS LÍNGUAS, COMPOSTO EM SOURCE SERIF PRO SOBRE PAPEL PÓLEN NATURAL 80 G/M² PARA O MIOLO E CARTÃO SUPREMO 250 G/M² PARA A CAPA, FOI IMPRESSO PELA IPSIS GRÁFICA E EDITORA, EM SÃO PAULO, EM ABRIL DE 2024.

OUÇA E ESCUTE. ZAIN – LITERATURA & MÚSICA.

DUAS LÍNGUAS, UMA CARTA DE AMOR AO VIOLÃO.

TÉRMINO DA LEITURA: _____